元次山散文及創作理論

——唐代古文運動先驅者文學理念新探

黃麗容◎著

散文理論革新者、古文運動的先鋒。

本書探討元次山散文及文學理念。元次山倡創新寫實等文學主張，散文流露絕俗特立風采，影響韓愈、柳宗元文論，是一文學革新運動前鋒；散文理論實踐家。

自序

在師長親友的關懷與支持下，隨著本書的完成，元次山散文的研究暫將告一段落，回顧過往，感懷之情溢塞心中，無法一一申謝，謹能在此致以感激之意。

本書寫作期間，首先要感謝　李師李的教導與鼓勵；在思路啟發、觀念指引，獲益良多。在本書付梓之時，也要特別感謝曾指導與提攜我的師長們——邱師燮友、金師榮華、應師裕康等教授。

因資質、學識疏淺，缺漏、錯誤所在多有，期盼先進指正。

本書的完成，不僅為學習上之成果，亦為人生增添新體悟，於此將這本書獻給所有關心我的人。

前 言

古文運動經唐、宋兩朝努力，至北宋時期，取得文壇的正統地位，造就古文創作之高峰，此項成就，有賴唐人陳子昂、蕭穎士、元結、獨孤及等先驅者之努力，繼韓愈、柳宗元、宋之歐陽修、曾鞏、王安石、蘇洵、蘇軾、蘇轍等接踵相應，使此文學革命能致全功。

唐代古文運動先驅者中，元次山於韓愈之前，力掃雕藻綺靡的習俗，提出完具的文學主張，並能於散文中表現特立絕俗的風格，在唐代古文運動中實具先導的地位，但歷代對元結散文著力不多，故本文就元結散文，分為七章，加以研討。

首章緒論，概述研究動機與目的、研究資料與方法。

第二章，以政治環境、社會情況、文學思潮為輔，配合元結志傳、著作等資料，使元結生平、學養、性格等予以再現，給予讀者深刻印象。

第三章，就元結散文，分析其文學主張，崇尚實用、抒發情志、反對唯美、主創新反抄襲等項。

第四章，則就元次山散文，研討其內涵之特色，蘊含政治理念、社會關懷、個人省思等三個方面。

第五章，研究元結散文藝術技巧及其成就，包括立題命意、章法佈局、字句修辭等項。

第六章，分析元次山散文的地位，以唐代古文運動之起始、初唐史家與元結文評之比較，及歷代諸家對元結散文地位之評論等角度再作深入討論，藉以彰顯元結散文對後世的影響。

第七章，總論元次山散文之特色及價值，並闡明其在唐代古文運動中之成就與貢獻。

目次

第一章　緒論

第一節　研究動機與目的

唐代古文的研究，近代頗盛，如名家陳子昂、蕭穎士、李華、韓愈、白居易、柳宗元、李翱、皇甫湜、皮日休、陸龜蒙等諸家之探析備受矚目，然對元結散文僅有單篇零星的探討，卻罕見完整的論著。

元次山，是唐代著名的文學大家，亦是反對魏晉以來華美無實文風之主力，並開啟了唐宋以後的古文運動，故針對元結散文作一全面且深入的研究是有其必要的。本書以元結各類散文加以分析、歸納，冀能具體突顯元結散文的精粹，及其在中國散文史上的地位。

元次山散文共一百二十三篇，包含表、狀、書、記、序、論、賦、頌、銘、箴各種體裁。元結的文學創作，是和當時之社會、政治息息相關，從儒家的齊家、治國、弘道和救時蔽等目的出發，繼承了陳子昂的復古以革新的詩文觀，除了在理論上支持鼓吹外，元結亦於創作中切實實踐之，因此在文壇上的影響及成就是十分傑出的，但是或許因唐宋古文八大家的光輝太過顯赫，使元結較不受人注意。為免遺珠之憾，故本書藉分析元結散文之內涵、意蘊，探討其風格技巧，繼而對元結散文有更周全的體認，並忠實反映其重要性。

第二節　研究範圍及方法

本書《元次山散文及創作理論》是以《元次山文集》為主體，再以詩歌、史料、文學理論、文學批評、修辭學等，作為旁證和參考資料，使用旁參互證的方法，來深究元結家世背景和作品之關係，並分析其散文內容、表現手法、藝術技巧等，試圖彰明元結在古文發展史上的價值與地位。元結之總集名曰《元次山文集》，乃後人摭佚所編。現今得見而年代最早者，為明正德郭氏刊本。此本乃賜進士出身翰林院編修國文經筵官湛若水校，太保武定侯郭勛編於明正德丁丑（西元一五一七年）孟冬。全書十卷，附拾遺，及元集補，卷首有湛若水之前序。(註一)茲以明刊十卷《元次山文集》

一　今可見半葉十行，一行二十字。雙欄。版心黑口，三魚尾。近人鄧邦述手校。并題記兼補錄佚文九篇。又可見《元次山集》，為清、上海曹氏碧鮮齋鈔本，半葉九行，一行二十字。版心下方記爅碧鮮齋，近人鄧邦述手校并題記，為底本，其中含有五十餘首詩作外，包含政治公文之「狀」、「卷」，友人互贈之「序」、「書」，描景為主之「銘」、「記」，和言理之「論」。元結留傳至今的散文數量，共有一百二十三篇，明正德刊本中有一百一十四篇，另外九篇據《全唐文》補入（註二）〈送張玄武序〉、〈自釋〉、〈峿臺銘〉、〈𢈛廎銘〉、〈文編序〉、〈讓容州表〉、〈再讓容州表〉、〈冰泉銘〉及〈東崖銘〉（註三）。

在元結的時代背景與傳略部分，乃就彼時政治環境、社會情況、文學思潮三方面與其散文創作之關係作一討論。由於元結經歷安史之亂，他和同時代的蕭穎士、李華、獨孤及等一批古文家，都親身感受到社會慘狀與政治危機，遂對文風有了反思，開始強烈要求文學擺脫浮豔舊習，積極鼓吹

及《唐漫叟文集》，為舊抄本，朱校，半葉十行，一行二十字。

二　明正德丁丑郭勛刊本，近人鄧邦述手校，并題記兼補錄佚文九篇，實數只有七篇，而據《全唐文》及清、上海曹氏碧鮮齋鈔本所錄，則續增補〈冰泉銘〉和〈再讓容州表〉二篇，故共錄佚文九篇。

三　清仁宗敕編：《欽定全唐文》（北市匯文書局，民國五十年），
〈送張元武序〉，卷三八一，頁四八九八。
〈自釋〉，卷三八一，頁四八九七。
〈峿臺銘〉，卷三八二，頁四九一〇。
〈𢈛廎銘〉，卷三八二，頁四九一〇。
〈文編序〉，卷三八一，頁四八九七。
〈讓容州表〉，卷三八〇，頁四八八五。
〈冰泉銘〉，卷三八二，頁四九〇九。
〈再讓容州表〉，卷三八二，頁四九〇九。
〈東崖銘〉，卷三八二，頁四九一〇。

反映現實。此外，也試就元結散文中所呈現的個人形象、個性，日常生活以及生平經歷等，作一歸納討論，又以時事為經緯，分析其間之變化及影響。

在元次山文學主張方面，雖是繼承了陳子昂的革新理念，卻發展出一些獨到的創作見解，除了純理論的探討外，他亦在作品中結合了自己的創作觀。由於元結在思想上不喜拘牽，故其文學觀點是較同期古文家如蕭穎士、李華、獨孤及等，更通脫切實。

至於元結散文的內涵，則其內容可了解，以元結之政治理念和個人感想為主。由於數度出任道州刺史，加上對於政治民生的責任感，使元結頻頻於文中涉及政論時事，同時亦有立身處世、自我理想和文學主張的呈現。並據此分析，元結散文對唐代古文運動的影響。

在藝術技巧上，元結散文常藉篇章安排、辭彙運用展現文旨，本書試就立題命意、章法佈局與字句的修辭變化，來探討元結散文自成一格的文學美感，了解其文學造詣之高，及予後人在藝術技巧上的啟迪。

第二章　元次山的時代背景與傳略

第一節　時代背景

元次山的活動年代，正當唐玄宗、肅宗、代宗之時，其於五十四歲的生涯中，三十八歲前處於玄宗所轄之開元、天寶、盛世。開元、天寶時期，是唐帝國的輝煌時段，也是文學創作的黃金時代。天寶十五年（西元七五六），發生了安史之亂，百姓陷於水深火熱，唐朝帝國陷於戰亂動蕩，但文學創作熱潮，卻不因此而衰滅，整個家國衰頹離亂，反而對文人作品的思想內涵造成正面的影響。是以本節特就「政治環境」、「社會情況」、「文學思潮」三方面，略述元結創作背景、希對其作品能有更深入正確的體認。

一、政治環境

在開元、天寶時期，唐代之經濟更為繁榮，國力強盛，文化發達，與邊境各民族保持友好，並透過西陲的絲綢之路和東南海上水路，與歐亞各國通商往來，是當代世界文明的中心，然經過安史之亂的重擊，國力大大減弱，弊病叢生。

唐玄宗開元、天寶時期，為自唐太宗貞觀以來另一盛世。唐玄宗於開元期間，在政治上大有作為：一採取宰相姚崇的主張，消除皇室內部爭權現象、穩定政局。第二步整飭吏治，清除朝廷內的冗官，玄宗並親自出題遴選官令，重視刺史、縣令的能力，規定出任州郡官吏者，須是京官之有才望者才能擔任。第三步則推行科舉制度，使得國內各階層的才智之士，均可透過國家考試，進入政治舞台；此舉提升了全國百姓對國家的責任感，對社會充滿理想。玄宗欲使唐朝走向政治、武功鼎盛局面。

由於武后、中宗時期、任用人才太過浮濫，設置「員外」、「斜封官」等坐享俸祿的冗官，貪婪不治事之風氣，直接影響了民生，為此藉官吏帶動社會良好風氣，玄宗以科舉的公平性，抉選賢才出來帶領民眾，另一方面擴大了選用人才的社會基礎，使唐室政權更加鞏固。玄宗經過開元初期，對於皇室諸王權力的削弱，及權臣的貶抑，消除了身邊的隱患，整飭吏治，使制度健全，加強了他方的統治，並推行選行科舉考試，為自己網羅了大量的人才，如宰相姚崇、宋璟、張柬之、張說、張九齡等人均出身科舉，加強了中央集權。這些政治上的重大措施，為開元、天寶間經濟發展和文人繁榮舖平了道路，促成了開元之治的實現。

由《舊唐書・玄宗本紀》記載，玄宗於開元二十三年（西元七三四）任用黃門侍郎李林甫為宰相，展開唐代步向衰亡的序幕。李林甫為相期間，欺騙玄宗，將大權獨攬，並使朝野忠臣良民受到迫害，隔離忠良接近玄宗，使玄宗受到蒙蔽，不知人間疾苦，沈湎於眼前虛幻的安寧局面，導致國家政治情況日益衰敗。由唐代政治史看來，自張九齡罷相、李林甫得勢，實為玄宗一朝政力強弱的轉折點。從此以後，權奸專政，打擊忠臣，並不斷挑起內戰，安祿山、史思明等叛心漸萌，加上均田制度瓦解，土地兼並盛行，終於導致大動亂產生。當時百姓親身感受到時代由極盛走向衰敗的變化，內心遭受極大的衝擊。

天寶時期，歷時十四載，政治日益走下坡，雖上承開元盛世，然玄宗不與治事，沈湎於享樂浮靡，另一方面，寵信宦官高力士，使其握有大權而任意行事，縱楊慎、韋堅、王等人，四處欺壓百姓、仗勢侵掠、任意搜括人民財貨；至於奸相李林甫運用其權勢，瞞天過海，圖利於己，欺上瞞下，荒唐決策屢屢發生。由於唐玄宗耽於逸樂、美色，用人不當，形成唐代由興盛轉向衰亡的局面。《舊唐書・玄宗本記》記載，天寶十一年（西元七五二），李林甫逝世之後，楊國忠繼任宰相，安祿山以范陽節度使身分封東平郡王，後又兼雲中太守河東節度使。此時唐玄宗寵愛楊貴妃，貴妃與楊國忠二人驕奢淫佚，玄宗無心理政，朝綱失墮至不可收拾，釀成安史之亂。

天寶十四年（西元七五五），范陽節度使安祿山興兵造反，自幽州率兵向南方前進，首先在靈昌郡渡河，再攻陷陳留、滎陽、東京等地。哥舒翰領河隴之兵拒守於潼關未幾，潼關失守，唐玄宗出奔，並賜死楊貴妃，太子於靈武即位。次年，回紇引軍赴難，與郭子儀同破安祿山於河上。

唐代政治由盛轉衰之因，安史之亂僅為一端，實於安史之亂前，唐王朝因強藩分立，尤其是河北藩鎮，於賦稅、土地、政令、軍備等皆已獨立，形同一小王國，使唐王朝呈現分裂割據局面。

安史之亂結束後，形成一弊端，即於當初為維護地方治安和抵禦外族侵犯，而在全國各地建置藩鎮。因藩鎮採募兵制，由各地自願徵軍的百姓所組織而成，在數量上沒有多加限制，只要自願，均可加入，因而造成軍力的壯大，使跋扈的藩鎮藉之以威脅中央，形成了唐朝內戰的根源。因國內叛變、內戰紛起，使唐代政治狀況陷入混亂衰頹，而繼玄宗之後，又多為昏庸之君。唐肅宗、代宗等重用奸臣、宦官，這些權力在握的奸臣、宦官和各地藩鎮之統帥相勾結，並在朝廷中結黨、分派，組織成不同的集團，造成朝綱混亂；且任意設置新稅法，賦斂與日俱增，使百姓陷入更困頓的境地。

因唐代政治危機日深，且無擬定有效政策以改善劣境，所以在朝庭中出現了變革的想法，因應革新的實際需求，政壇上有了改革派的勢力結盟，如活動於肅宗、代宗、德宗三朝的李泌，以神仙詭異之說自飾，提出改革主張。這些改革者的勢力薄弱，且於朝廷中亦無主導地位，但這一波政治上的革新思想於歷史中所起的作用卻不可低估，彼等促使社會、文學等領域均興起了改革意識。

二、社會情況

唐代的社會，因玄宗重視農業發展，興建水利，獎勵生育，使民生經濟大幅改善，形成物質生活上的富裕，元結〈問進士〉第三云：

> 開元天寶之中，耕者益力，四海之內，高山絕壑，耒耜亦滿，人家糧儲，皆及數歲，太倉委積陳腐，不可較量。

可見富庶情況。在交通方面，有廣州、泉州等外貿港口，海路可達西亞、非洲，促進交易和市場的活絡，顯示唐朝經濟的發達，促進時人追求利益的欲望。

玄宗早期勵精圖治，又有張說、張九齡等賢士輔佐，使國勢日趨強盛，衣食飽足後，促使百姓想更上一層樓，而科舉制度之推行，使得平民庶族有了躋身上層社會的機會，讀書人想藉此途徑，施展抱負，因此造成唐代士人全力追求功名，使得整個社會充斥著功利思想，這種特殊風氣，將經由科舉制度產生的官吏，變成一批新門閥，這些知識分子受有積極旺盛的政治能力和文學才能，並企圖在政壇上爭取一席之地，並成為社會的新興名流。陳寅恪指出：

進士科雖殁於隋代，而其特見尊重，以為全國人民之唯一正途，實始於高宗之代，即武明曌專攻之時。及至玄宗，遂至於凝定，……以詩賦舉進士致身卿相為社會心理群趨之鵠的（註一）。

經由科學制度使社會新興階級日益發展，他們不滿士族壟斷政權，故在政治上、經濟上積極進取。為了要快速創造名利，彼此間互援互利，結成黨派，甚至互通婚姻以聯盟，形成了足以和皇親國戚抗衡的新貴族。皇族、朝中大臣、藩鎮、宦官等，亦吸收知識分子以增強自己的勢力。雖然科舉制度突破了官吏和庶民的界限，造就平民出頭的機會，但也因此形成社會中強烈追求祿位的風尚，趨炎附勢，不辯是非曲直、以利為先的意識不斷漫延，雖然如此，亦有部分深切以傳統禮義廉恥自我約束的文人，面對朝廷充斥幫派紛爭和金錢祿位之爭奪，感到無奈，另一方面對功利思想充塞的社會。亦有激憤和悲涼的情緒。

大多數唐代文人的出身，是屬於庶族或地主階級，他們在政治上積極進取，又有平民生活的直接體驗，由於唐代社會經濟因行均田制，有空前發達的局面，促使文化得以高度發展。但長久的繁榮，使人性貪婪、奢侈的黑暗面愈加顯現，農業發達，商業也相應地繁榮，商人驟富，引起了讀書人的羡慕，時見商人家財萬貫，甚至比天子、王公大人更富有，人人競相爭利、比富，在上位者及

一　陳寅恪，《唐代政治史述論稿》（上海古籍出版社，一九八二年），上篇，〈統治階級之氏族及其升降〉，頁二十二—二十六。

官吏們習慣於驕奢的生活，漸漸對珍奇異物之需求更加強烈，因此在天寶年間，時有來自各地珍奇異物之盛大展售會，顯示全國物產豐饒多樣，一方面使買賣的選擇多元化，另一方面也誘使人們更加渴望追求金錢，以增加自己的購買力。百姓經濟的來源，來自農業、商業的生產、交易，官使們的經濟來源，依賴賦稅收入。太平時期，中央政府的命令受到各地方政府的尊重和服從，中央政府自然能夠掌握全國財力，但是發生戰亂時，不但供輸賦稅的交通線被切斷，各地方政府更趁亂以賦稅中飽私囊，導致中央政府的財力大為削減，惡性循環之下，唐朝財政愈加困難，另一方面又因內憂、外患交迫，無法節源，只好以重賦來補財政之缺漏，自唐玄宗天寶年間後、肅宗、代宗時期，君王窮奢極欲，煉丹服食、追求長生，放縱邊將，聽任宦官和外戚專權，使藩鎮、宦官極力刮斂，一面進奉皇上，一面中飽私囊，一般官吏，上行下效，亦大肆貪污，並賄賂宦官，長久下來，奢侈的風氣，甚至影響了出生平民庶族，因通過科舉而出頭的人，彼等一旦通過進士科考，轉瞬間成為新貴，即開始不停地尋求世俗的歡樂，而為了滿足一己的奢侈欲望，便無所不用其極地運用貪污賄賂的手段斂財。如此一來，平民百姓經歷不斷的經濟剝削和政治壓榨，走投無路，流放逃亡，最後被迫鋌而走險，成為亂賊，形成社會的禍患，此種衰敗社會風氣，造成了澆薄無格的世道人心。

三、文學思潮

盛唐的文壇風氣，以沿續初唐的形式主義為主流，因穩定的政治局面，繁榮的社會環境，使宗教、學術均自由活躍，各種藝術也得到長足的發展，《新唐書・張說傳》云：

帝好文辭，有所為必使視草，善用人之長，多引天下知名士以佐佑王化，尊一王法。天子尊向經術，開館置學士，修太宗之政，皆說倡之。

由於唐天子喜好文學，重視典籍，並禮遇學士，尊重儒者，也造成了學術上的輝煌成就，如劉知幾完成《史通》，徐堅奉敕編成《初學記》，李善注《文選》……等，充分表現出唐代文教昌盛的文明景象。

雖唐代帝王重視典籍、禮遇學士，但當時學者、文人仍然可以根據自己的想法而自由發揮，甚至唐玄宗亦親自注《孝經》，頒示天下，以積極鼓勵學術界及文人們，《新唐書・文藝傳》上云：

玄宗好經術，群臣稍厭雕琢，索理致，崇雅黜浮，氣益雄渾，則燕、許擅其宗。

又於天寶十四年頒御注之《老子》。《唐會要・雜記》云：

頒《御注老子》並《義疏》壬天下。

由於唐代開明、自由的作風，使文學界、史學界、政治界，都有活潑的發展空間，並有了改革文體的覺醒，如魏徵，在〈群書治要序〉中云：

> 昭德塞違，勸善懲惡。

認為文章要有教化、向善的效用。又如令狐德棻修《周書》、李百藥修《北齊書》、魏徵修《隋書》時，皆討論過文學發展情況，並且提出了對六朝文壇的批評，如魏徵《隋書・文學傳序》卷七十六云：

> 簡文、湘東，啟其淫放，徐陵、庾信，分路揚鑣，其意淺而繁，其文匿而彩，詞尚輕險，情多哀思，格以延陵之聽，蓋亦亡國之音乎！

強力批判徐陵、庾信等六朝駢文大家，而要求文學能表達真切情感和志向。劉知幾《史通・敘事》云：

> 應以一言蔽之者，輒足為二言，應以三句成文者，必分為四句，……不知所裁。

具體評論駢文在形式上追求詞藻華麗的害處，要求行文須追求簡樸、切實。凡此可見唐代史家對文學改革的心聲，其等對文章形式、內容的看法，足予時人新的啟發。而在文壇上，許多文人出自寒門，或經歷過困苦的生活，如李白、杜甫等，得以深切了解人民生活疾苦，故時在作品中反映現實，並抒發對國家社會的使命感，另一方面，由於唐代繼承了南朝的文學潮流；流行華靡綺麗的文風，北朝文學家顏之推，對浮艷文風多所批評，隋末則有蘇綽、王通等人提出文學改革的口號，故從歷史發展的進程看，唐代文學追求改革的聲音亦隨著綺靡文風益滋而愈熾。

首先在文體及詩歌改革上，反對六朝綺靡風氣的陳子昂，是第一位有所成就的人，至開元、天寶年間，詩歌創作有了興盛的局面後，新樂府運動的興起，和古文運動齊頭並進，形成了唐代文學第二波的改革風潮。自陳子昂開始注意到作品的興發與寄託，提倡漢魏風骨，批判浮靡的唯美取向，後續則有白居易、元稹、劉禹錫等倡導新樂府運動，另外還有李白、元結、韓愈、柳宗元、杜牧等，都是詩歌和古文兼善。因此唐代文風漸變，駢文雖仍盛行，但已失去了生命力，領悟到文體改革實屬必要的文人，開始重新探討「文」的內容、形式、作用等問題，並積累實際創作的經驗，文體革新最早顯現成績的是政論及碑誌類文章，陳子昂將直言無隱、內容充實的寫作方法，運用在奏疏上；張說則在碑誌文章中，表現質樸、親切的風格，開創了該類文體的新局面。由於初唐文人的努力開拓，如陳子昂、張說等，變化革新文體，並從事創作，使唐代古文運動逐步成形，接著有蕭穎士、李華、獨孤及、元結等人繼續在古文創作、理論上不斷努力，使唐代古文運動完全開展，並革除浮靡的文弊，力掃雕藻綺麗的習氣，也為唐代古文家韓愈、柳宗元開闢了一條古文運動的道路。

第二節　元次山傳略

元結字次山，始號元子，繼稱猗玗子，號浪士，或稱漫郎，後稱漫叟。河南汝州魯山縣人。生於唐玄宗開元七年（西元七一九年），卒於代宗大曆七年（西元七七二年），得年五十四。在〈自釋〉一文中，詳述其自幼及長的心路歷程：

河南，元氏望也。結，元子名。次山，結字也。世業載國史，世系在家牒，少居商餘山，著元子十篇，故以元子為稱。天下兵興，逃亂入猗玗洞，始稱猗玗子，後家瀼濱，乃自稱浪士，及有官，人以為浪者亦漫為官乎，呼為漫郎。既客樊上，漫遂顯，樊左右皆漁者，少長相戲，更曰聱叟，彼誚以聱者為其不相從聽，不相鉤加。帶笭箵而盡船，獨聱齖而揮車，酒徒得比，又曰：「公之漫，其猶聱乎？公守著作，不帶笭箵乎？又漫浪於人間，得非聱齖乎？公漫久矣！可以漫為叟。」於戲！吾不從聽於時俗，不鉤加於當世，誰是聱者？吾欲從之。……當以漫叟為稱，直荒浪其情性，誑漫其所為，使人知無所存有，無所將得。（註二）

由「浪士」、「漫郎」，至「聱叟」，表露其處世自立之道，運用「浪」、「漫」和「聱」等字為

二　《全唐文》（台北匯文書局，民五十年），卷三八一，頁四八九八。

名，流露出突破世局，不自我束縛的觀念。

元氏祖先原本是北方鮮卑族人，姓拓跋，到了北魏七代孝文帝宏時才改為元姓，元結就是北魏王族常山王遵的後裔。從他的高祖先善禕，曾祖先仁基，以至祖父元亨等幾代，都做過李唐王朝的中下級官吏，可謂有某種仕宦淵源。

元結祖輩世代居住在太原，到了父親元延祖時，才遷到魯山縣商餘山下。其年少不羈，十七歲才開始立志向學，師事族兄元德秀。

玄宗開元二十五年（西元七三七），元結十九歲，隨族兄元德秀任魯山令三年，元德秀雖為魯山令，但無官僚習氣。平易近人，喜好大自然恬淡生活，與平民百姓共樂；文學創作則流露出不假雕琢自然、寫實的風格。而元結之所以能成為唐代古文運動的先導，正因為有了從兄同時也是業師的元德秀。

元結年少不羈，十七歲折節向學，流連於自然美景，藉以增廣見聞，開拓胸懷，天寶五年（西元七四六），曾順著運河到淮陰一帶漫遊。這年恰好發生洪水災禍，導致河堤潰決。元結目睹百姓遭溺斃、廬舍被淹毀的慘狀，而且聽到了人民因生活困頓、流離失所，所唱出充滿冤怨的歌謠，深受撼動，其〈閔荒詩〉云：

忽見海門由，思作望海樓，不知新都城，已為征戰丘。當時有遺歌，歌曲太寬愁。四海非天獄，何為非天囚，天囚正凶忍。為我萬姓讎。……自得隋人歌，每為隋君羞，欲歌當陽春，似覺天下秋。更歌曲未終，如有怨氣浮，奈何昏王心，不覺此怨尤。遂令一夫唱，四海忻提矛，吾聞古賢君，其道當靜柔。慈惠恐不足，端和忘所求，嗟嗟有隋民，惛惛誰與儔？（註三）

藉指責歷史上有名的昏君隋煬帝楊廣，以影射當時驕奢淫逸、罔顧百姓的執政者。元結二十八歲後，陸續創作出一連串含蘊豐富經世用世思想的作品，並發憤讀書，欲求取功名，期能為國為民做一番事業。其在〈文編序〉云：

> 當時叟方年少，在顯名跡，切時人諂邪以取進，姦亂以致身，徑欲填陷於方正之路，推時人於禮讓之庭，……，是以所為之文，可戒、可勸、可安、可順。……。故所為之文，多退讓者，多激發者，多嗟恨者，多傷閔者，其意必欲勸之忠孝、誘以仁惠，急於公直，守其節分，如此非救時勸俗之所須者歟。（註四）

元結在年少時即流露出經世致用的熱情和思想，並希望透過科舉這一途徑來實現他的理想，所以在作品中常蘊涵著社會關懷、政治理念和個人省思，強調忠孝節義、仁德慈惠和公平正直的德行，期

三　唐・元結《元次山文集》（四部叢刊集部），卷三，頁十二。

四　同註二，頁四八九七。

許自己能守持住此等節操，也欲藉良好的德行，去導正頹蔽的社會風氣，勸阻浮靡的社會風俗。

天寶六年（西元七四七），因唐玄宗下旨宣召天下凡有才德的士人赴試，元結便欣然到長安應考，但由於中書令李林甫擔心草野之士的對策，會揭發其姦惡，就以舉人地位卑低愚昧，不懂得應對禮節，擔心他們會在言語上有觸犯皇上等理由，包辦了選政，此舉使應試者個個落榜，元結亦黯然返鄉。〈喻友〉云：

> 天寶丁亥中，詔徵天下士人有一藝者，皆得詣京師就選。相國晉公林甫，以草野猥多，恐洩漏當時之機。議於朝廷曰：「舉人多卑賤愚聵，不識禮度，恐有俚言，污濁聖聽。於是奏待制者，悉令尚書長官考試，御史中丞監之，試如常吏已而布衣之士，無有第者，遂表賀人主，以為野無遺賢。……鄉人於是與元子偕歸。」（註五）

並於天寶七年（西元七四八），作〈丐論〉以諷刺當政者。〈丐論〉云：

> 天寶戊子中，元子遊長安，與丐者為友，或曰：「君友丐者，不太下乎？」對曰：「古人鄉無君子，則與雲山為友；里無君子，則無松竹為友；坐無君子，則與琴酒為友，出遊於國，見君子則友之。丐者丐論，子能聽乎？吾既與丐者相友，喻求罷，……嗚呼！於今之世，有

五　同註三。卷八，頁四十四。

丐者，丐宗屬於人，丐嫁娶於人，丐名位於人，丐顏色於人，甚者則丐權家奴齒以售邪妄，丐權家婢顏以容媚惑，有自富丐貧，自貴丐賤，於刑丐命，命不可得，就死丐時，就時丐息，至死丐全形，而終有不可丐者。更有甚者，丐家族於僕圉，丐性命於臣妾，丐宗廟而不取，丐妻子而無解，有如此者，不為羞哉？」（註六）

元結對於當時政治環境感到心灰意冷，空有才能而不為當道者重視，並大力斥責李林甫不以才德取人，反而因應試者的地位卑作不懂應對禮節，予以輕視打擊。元結同時藉此譏斥當時社會風氣的浮靡，人人為了追求權利名位，甚至不顧廉恥的向當權者的奴僕婢侍卑躬屈膝，頻頻示好。

元次山自天寶九年（西元七五〇）至天寶十一年（西元七五二）的三年時間在商餘山靜習養病，作〈心規〉云：

元子病遊世，歸于商餘山中，以酒自肆，有醉歌里夫公聞之，元子之酒，請歌之，歌曰：「元子樂矣！」俾和者曰：「何樂亦然？何樂亦然？」我曰：「我雲我山，我林我泉。」又曰：「元子樂矣！」俾和老曰：「何樂然爾？何樂然爾？」我曰：「我鼻我目，我口我耳。」……元子引酒當夫公曰：「勸君此杯酒，緩飲之，聽我說：『子行于世間，目不隨人現，耳不隨

六　同註三。卷八，頁四十二。

人聽，口不隨人語，鼻不隨人氣，其甚也，則須封包裹塞，不爾，有滅身亡家之禍，傷汙毀辱之患生焉。雖王公大人，亦不能自主口鼻耳目，夫公何思之不熟耶？』」（註七）

養病期間，居住在商餘山中，他體悟到個人與自然融合的自由、快樂，另一方面也反襯出自己在政治局勢中的無法自由發揮，及隨時有殺身滅族的災禍。雖然元結身在養病，而心卻無時無法遺忘在政治方面的理想，及為國為民的熱切情感。又作〈處規〉，表達元結處於自然中。作領悟到的處世、應物之則，〈處規〉云：

州舒吾問元子曰：「吾聞子多矣！意將何為？」對曰：「雲山幸不求吾是，林泉又不責吾非，熙然能自全，順時而老可矣！復安為哉！」舒吾曰：「元子其過誤乎，其太矯也，吾厭世人飾言以由道，藏智以全璞，退身以顯行，設機以樹名，吾子由之，使我何信？」元子俛而謝之。滕許大夫友元子，聞不應舒吾之說，乃曰：「嗟嗟元子，少辭者那！何不曰：『使吾得所處，但如山林不見吾是非，吾將娭往也。』以子為飾言藏智，退身設機，何不曰：『如此豈不多於盜權竊位，蒙汙萬物，富貴始及，而刑禍促之者乎？』」（註八）

七　唐・元結《元次山文集》拾遺，（四部叢刊集部），頁五十七。
八　同註七。頁五十七。

山居生活雖優閒，元結藉和友人相聚對談，論及自己的處世接物的想法，由於感歎政治鬥爭和世態炎涼，是非曲直已無準則可言，元結對於如此的環境，期以順應自然，保有純良天性以為根本，另一方面將人性追求名聲佳譽，期許更多富貴的黑暗面，一一披露。由於對於所居處的環境有如此的體認，元結在於人來往時的態度也有了調整，〈惡曲〉中云：

元子時與鄰里會，曲全當時之懽，以順長老之意，歸泉上，叔盈問曰：「向夫子曲全其懽，道然也，苟為爾乎？」元子曰：「叔盈視吾曲其心以財利曲其行以希名位，當過吾，吾苟全一懽於鄰里，無惡然可也。」（註九）

他認為只要能真實把持住自己純良天性，在小節上可不必過於計較。

次山在商餘山隱居，養病過著自耕自食的生活，平日除了讀書、寫作外，每日和友人、鄰居同遊，徜徉在大自然美景中，所以在學問和品行修養上，都大有斬獲，此期間創作的數量頗多，〈自述三篇〉序云：

天寶庚寅，元子初習靜于商餘，人聞之非非曰：「此狂者也，見則茫然。」無幾，人聞之是是曰：「此學者也，見則猗然。」及三年，人聞之參參曰：「此隱者也，見則崖然。」，有

九　同註七。頁五十八。

或而問曰：「子其隱乎？」對曰：「吾豈隱者邪？愚者也。」（註十）

由「狂者」、「學者」到「隱者」的轉變，可以看出次山在待人接物、應對進退、品行修養和學問追求上，都有了長足的進步，而「愚者」的自喻，更是深切的表達了他對多變混亂的局勢，有了由顯而隱，以靜觀動等圓融的人生哲學。商餘山靜習養病的三年期間，無疑是元結內在自我省思的時期，有了如此成熟、圓融的應物處世態度，使元結日後更能以宏觀的角度去處理政事，以全面性的思考去為人民謀福利，另一方面也將徜遊山水、玩賞天然景物作為自身的興趣，其作〈水樂說〉云：

元子於山中尤所耽愛者，有水樂。水樂，是南磳之懸水，淙淙然聞之多久，於耳尤便。不至南磳，即懸庭前之水，取欹曲竇缺之石，高下承之，水聲少似，聽之亦便。（註十一）

記載了居住在山中所喜愛的自然景色，表露了對天然山水的熱愛，並持續到晚年。

天寶十二年（西元七五二），元結再次應進士第，並把過去寫的部分作品，合編成《文編》，呈送主考官禮部侍郎陽浚，果然得到了賞識。陽浚認為《文編》的作者，如果單只中個進士，那就太埋沒人才，應該成為協助治國理政的好幫手，〈文編序〉云：

十　同註十。卷五，頁二十六。

十一　同註七。頁五十九。

天寶十二年，漫叟以進士獲薦，名在禮部，會有司考校舊文，作文編，納於有司。當時叟方年少，在顯名跡，切恥時人諂邪以取進，姦亂以致身；徑欲填陷於方正之路，推時人於禮讓之庭；不能得之，故優游於林壑，快恨於當世。是以所為之文，可戒可勸，可妄可順。侍郎陽公見文編，嘆曰：「以上第污元子耳，有司得元子是賴。」（註十二）

第二年（天寶十三年—西元七五四），從兄德秀卒，元結在應制舉後滿懷傷感的到陸渾奔喪；並於此年登第。（註十三）

天寶十四年（西元七五五年）的冬天，元結三十七歲，爆發了安史之亂。安祿山造反，使唐代政治局面更加混亂，洛陽被破，潼關失守，京師淪陷，唐玄宗逃往成都，肅宗李亨在靈武即位。父親元延祖曾告戒元結，在國家有難之時，不可抱持自安山林的態度，並勉勵元結要為國效力，使其在為人處世及文學作品中，顯見其對政治、國家的深切關注。

天寶十五年（西元七五六），為了躲避叛軍屠殺，元結率領全家逃難到江南。起初居住在猗玗洞（今湖北、大冶），隨後又遷移至江南瑞昌的瀼溪。在〈辭監察御史表〉云：「臣在至德元年，

十二　同註二，卷三八一，頁四八九七。

十三　辛文房：《唐才子傳》，（台灣古籍出版社，一九九七年十一月初版一刷），卷三，頁一八八。〈元結〉中云：「結，字次山，武昌人。魯山令元紫藝族弟也。少不羈，弱冠始折節讀書。天寶十三年進士，禮部侍郎陽浚見其文曰：『一第慁子耳。』」。

舉家逃難。」，〈自釋〉云：「天下兵興，逃亂，入猗玗洞，始稱猗玗子。」，一直到乾元二年（西元七五九），元結均過著流離失所的生活，並遭喪父之痛。〈與瀼溪鄰里序〉云：「乾元元年，元子將家自全於瀼溪。」〈自釋〉一文中，見其自稱浪士的由來：「將家瀼濱，乃自稱浪士。」數年間，戰事不斷變化著，乾元二年（西元七五九）因國勢危殆，需才孔急，經國子司業蘇源明的推薦，擔負鄧、汝、蔡等州招集義軍之職。並上〈時議三篇〉，詳細地陳述軍事狀況，以解肅宗的憂慮，肅宗大悅，〈時議三篇〉云：

> 盜賊屢起，百姓勞苦，力用不足，將社稷大計與天下圖之者乎？荒野賤臣，始見軒陛，又拘限忌諱，不能悉下情以上聞，則陛下又安用煩勞車乘，招禮賢異，臣實不能當君子之羞、受小人之辱。故編輿皁之說為三篇，名曰時議。（註十四）

由上可見元結實事求是的精神，盡責為國的謹慎態度，仔細分析當前戰爭情勢、敵我的戰況，以知已知彼，期能百戰百勝。肅宗遂拔擢元結為右金吾兵曹參軍，攝監察御史。元結在招集義軍之時，充分展現領導長才，甚至泌南劇賊山棚更率五千餘人來歸，使敵方聞之喪膽，不敢南侵。元結糾集眾人之力，並指揮作戰，保全了十五座城池，展現其政治軍事的統御能力。

十四 同註三。卷八，頁三十八。

乾元三年（西元七六〇），次山擔任山南東道節度使，為來瑱府的參謀，理兵於泌南，其地為戰區，百姓死傷慘重，街巷之間屍骨橫陳，元結見而不忍，將積骨妥埋，刻石立表，命名為哀丘，〈哀丘表〉云：

乾元庚子，元子理兵于有泌之南，泌南，至德丁酉為陷邑，乾元己亥為境上，殺傷勞苦，言可極耶，街郭亂骨如古屠肆，於是收而藏之，命曰哀丘。或曰：「次山之命哀丘也，哀生人將盡而亂骨不藏者乎？哀壯勇已死而名跡不顯者乎？」對曰：「非也，吾哀凡人不能絕貪爭毒亂之心，守正和仁讓之分，至今吾有哀丘之怨歟！」（註十五）

眼見滿地因戰而死的人，元結心中所悲憐的不只是屍骨無人收藏照顧的悽涼，感嘆的不僅是為國的犧牲者沒有應得之榮耀，更以一種宏觀的角度思考：哀傷人性中所潛藏的貪欲、爭奪、毒害和靡亂的本質，這本質一天不去除，則紛爭和戰亂將永遠存在。元結親身體驗到戰爭的可怕，接觸民間因戰爭而流離失所的人民，深切了解百姓的生活，明白政治對社會、民生的影響，因此在任官期間，屢次表達對社會弱勢者的關懷，其〈請給戰士父母糧狀〉云：

將士父母等皆因喪亂，不知所歸，在於軍中，為日亦久，夫孝而仁者，可與言忠信，而忠信

十五　同註三。卷九，頁四十五。

者可以全義勇，豈有責其忠信，使之義勇，而不勸之孝慈，恤以仁惠。今軍中有父母者，皆共分衣食，先其父母，寒餒日甚，未嘗有辭，其將士父母等伏望各量事給其衣食，則義有所存，恩有所及，俾人感勸，實在於此。（註十六）

對於因政治、戰爭而受到連累的人，元結力求為其謀福利，並對此一撫恤所形成的孝順、仁慈和德惠等的美德，認為足以推動民心志氣，使軍民上下更加團結，士兵沒有了後顧之憂，能更忠誠的為國效力。另一方面因親身接觸社會各式情狀，使元結在內心有多樣的省思，藉由樂府作品，可以看出元結的文學創作觀念是秉持著教化、寫實的精神，依此精神，編有〈篋中集〉一卷。〈篋中集序〉云：

元結作篋中集，或問曰：「公所集之詩，何以訂之？」對曰：「風雅不興，幾及千歲，溺於時者，世無人哉！」嗚呼！有名位不顯，年壽不將，獨無知音，不見稱顯，死而已矣，誰云無之。近世作者，更相沿襲，拘限聲病，喜尚形似，且以流易為辭，不知喪於雅正。……於戲！自沈公及二三子，皆以正直而無祿位，皆以忠信而久貧賤，皆以仁讓而至喪亡，異於是者，顯榮當世，誰為辯士？吾欲問之。（註十七）

十六　同註三。卷十，頁五十三。
十七　同註三。卷七，頁三十五。

元結認為詩歌應具有教化作用，乃直接承繼《詩經》而來，反對作品的內容流於貧乏，只重形式、聲律的雕琢，徒頌風花雪月，而罔顧社會、民生的浮靡，故文學應反映現實，且要能破除頹靡的社會風氣，並有更積極地勸止貪亂風俗之功能，其特在作品中強調忠誠、信用、仁德和辭讓等雅正的內容。

上元元年（西元七六〇），次山輔佐荊南節度使呂諲以對抗史思明的叛亂，並兼任水部員外郎及殿中侍御史，於次年（西元七六一）領兵鎮守九江，此時史思明已為其子朝義所殺，亂賊既平，元結撰〈大唐中興頌〉，〈序〉云：

天寶十四載，安祿山陷洛陽，明年陷長安，天子幸蜀，太子即位於靈武，明年，皇帝移軍鳳翔，其年復兩京，上皇還京師，於戲！前代帝王有盛德大業者，必見于歌頌，若今歌頌大業，刻之金石，非老於文學，其誰宜為？（註十八）

對於安史之亂的平復，元結寄與重復大業的期待和欣喜。雖然元結頗有戰功，竭力為國效勞，待戰事已平，卻有了歸隱的念頭，〈忝官引〉云：

天下昔無事，僻居養愚鈍，山野性所安，熙然自全順。忽逢暴兵起，閭巷見軍陣，將家瀛海

十八　同註三。卷五，頁二十八。

濱，自棄同芻糞。往在乾元初，聖人啟休運，公車詣魏闕，天子垂清問。敢誦王者箴，亦獻當時論。朝廷愛方直，明主嘉忠信，屢授不次官，曾與專征印。兵家未曾學，榮利非所。偶得兇醜降，功勞愧分寸。爾來將四歲，慚恥言可盡？請取冤者辭，為吾忝官引。冤辭何者苦？萬邑餘灰燼；冤辭何者悲？生人盡鋒刃；冤辭何者甚？力役遇勞困；冤辭何者深？孤弱亦哀恨。無謀救冤者，祿位安可近，而可愛軒裳，其心又干進？此言非作戒，此言敢詒訓？實欲辭無能，歸耕守吾分。（註十九）

元結深感戰事使整個社會民生殘破不堪，平民百姓無法正常生活，戰事雖平，當時美麗城邑，今日只剩殘片破瓦，內心感慨不已，面對屍骨成塚及遺孤傷弱，感傷自己有心無力，頗有回歸山野之意，代宗欲加封邑，元結辭而不受。後以老母久病，呈〈乞免官歸養表〉，希冀退隱以奉養母親，代宗許之。

寶應元年（西元七六二），元結辭去官職，退居武昌與水旁的郎亭山。〈樊上漫作〉云：「漫家郎亭下，復在樊水邊；去郭五六里，扁州到門前。山竹遶茅舍，庭中有寒泉，西邊雙石峰，引望堪忘年。四鄰皆漁父，近渚多閑田，且欲學耕釣，於斯求老焉。」隱居生活的平淡、樸實，元結頗

十九 同註三。卷三，頁十五。

感滿意，甚有終生以耕種、垂釣為生，與大自然山水為伍，和漁夫、農人為鄰，《新唐書》之本傳：

> 既客樊上，漫遂顯。樊左右皆漁者，少居相戲，更曰聱叟。彼誚以聱者為其不相從聽，不相鉤加，帶笭箵而盡船，獨聱齖而揮車，酒徒得此，又曰：「公之漫，其猶聱乎，公守著作，不帶笭箵乎，又漫浪於人間，得非聱齖乎。公漫久矣，可以漫為叟。」於戲！吾不從聽於時俗，不鉤加於當世，誰是聱者？吾欲從之。……取而醉人議，當以漫叟為稱。(註二十)

樊上生活、登山臨水，賦吟酬唱，元結時與家人相伴、鄰里談笑，有時又和繼任武昌縣令的好友孟彥深、馬向等人一同徜徉自然風光，以文會友。雖無官職在身，但仍心繫國事，廣德元年（西元七六三），作〈廣宴亭記〉、〈殊亭記〉及〈登殊亭作〉，表現當時生活情狀，其中也暗含元結對政事的關注。〈殊亭記〉云：

> 癸卯中，扶風馬向兼理武昌，以明信嚴斷惠正為理，故政不待時而成。……吾見公才殊政跡殊，為此亭又殊，因命之曰殊亭。(註二十一)

優閒的生活，隨即因嶺南谿洞夷及西原夷等南方少數民族的動亂而結束。朝廷為了應付局勢，

二十　《新唐書》〈元結傳〉，卷一百四十三，（台北鼎文書局），頁四六七九。

二十一　同註三。卷九，頁四十八。

起用了元結為道州刺史，九月授命，十二月即奉敕啟程。就在啟程的同時，道州（今湖南寧遠縣）已被攻陷。因此元結遷延至廣德元年（西元七六四），才正式到任，在此年作〈謝上表〉云：

臣某言，去年九月敕授道州刺史，屬西伐侵軼。至十二月，臣始於鄂州授敕牒，即日赴任。臣州先被西原賊屠陷，節度使已差官攝刺史，兼又聞奏，臣在道路，待恩命者三月，臣於五月二十二日到州上訖。（註二十二）

才到任所，即見租庸調諸使之文牒，不外令徵錢財、產物之屬，然因道州去歲方為西原蠻賊所陷據，大肆屠掠，百姓生活困頓、流離失所，元結細察民情，進〈奏免科率狀〉云：

臣自到州，見庸租等諸使文牒，令徵前件錢物送納，臣當州被原賊屠陷，賊停留一月餘，日焚燒糧儲屋宅，俘掠百姓男女，驅殺牛馬老少，一州幾盡。賊散後，百姓歸復，十不存一，資產皆無，人心嗷嗷，未有安者。……自州破已後，除正租正庸，及准格式合進奉徵納者，請據見在戶徵送，其餘科率，並請放免，容其見在百姓產業稍成，逃亡歸復，似可存活，即請依常例處分。（註二十三）

二十二 同註三。卷十，頁五十二。
二十三 同註三。卷十，頁五十四。

詳述上任後，道州民生、人心的了解，認為甫經西原蠻賊肆掠的道州，今雖平定，但在經濟方面殘破不堪自足，人心亦遑遑難安；故首先請暫免百姓所負田稅，待道州百姓產業稍穩，流亡者復歸本工後，始徵稅賦。代宗見〈狀〉，遂如其請。一方面，元結又作〈舂陵行〉以陳道州民情，其序云：

癸卯歲，漫叟授道州刺史，道州舊四萬餘戶，經賊已來，不滿四千，大半不勝賦稅，到官未五十日，承諸使徵求，符牒二百餘封，皆曰：「失其限者罪至貶削。」於戲！若悉應其命，則州縣破亂，刺史欲焉逭罪，若不應命，又即獲罪戾，必不免也，吾將守官，靜以安人，待罪而已，此州是舂陵故地，故作舂陵行以達下情。（註二十四）

後西原蠻賊再次來犯，元結固守道州百餘日，賊退之後，作〈賊退示官吏〉為百姓請命，序云：

癸卯歲，西原賊入道州，焚燒殺掠，幾盡而去。明年，賊又攻永州，破邵，不犯此州邊鄙而退，豈力能制敵歟？蓋蒙其傷憐而已。諸使何為忍苦徵斂？（註二十五）

可見元結對道州民生的憂慮、關注，對於國家的忠誠、關懷，對軍政的考量、評估。元結處處為民請命，解民疾苦，西原蠻賊自是深懷畏懼，不敢來犯。永泰元年（西元七五六），以虞舜葬於蒼梧

二十四　同註三。卷四，頁十八。
二十五　同註三。卷四，頁十八。

之九疑山，恰屬其封內，故立舜祠於州西之山南，並刻石立表，〈舜祠表〉云：

> 有唐乙已歲，使持節道州諸軍事守道州刺史元結，以虞舜葬於蒼梧之九疑之山，在我封內，是故申明前詔，立祠于州西之山南，已而刻石為表。於戲！孔氏作虞書，明大舜德及生人之至，則大舜於生人，宜以類乎天地，生人奉大舜，宜萬世而不厭。……嗚呼！在有虞氏之世，人民可奪其君耶！人民於大舜，能忘而不思耶？何為來而不歸？何故死於空山？吾實惑而作表，來者遊於此邦，登乎九難，誰能不惑也歟？（註二十六）

次山對於擁有盛德大業的古代聖王，竟歿於荒裔中，甚而陵廟皆無，實感不平，也對此事甚表疑惑，所以謹守舊制，立舜之祠廟，另又進〈論舜廟狀〉，派人歲時拂灑，以示對舜的恭敬、崇仰。由元結對古代聖王——舜的恭敬、崇拜，可見其在對政治領袖德性、操守的要求：要能公正施惠眾人，而百姓亦因感恩澤而念念不忘；並展現元結除了能在政務上一展長才，並有以民為貴的不凡主張。認為君王需具德行，對社會、人民才有幫助。同年（西元七六五），元結罷官，罷官原因不明。罷守道州刺史的心情，或可由此年為好友孟士源鎮湖南，並建茅閣一事，所作之〈某閣記〉得見一斑：

> 乙巳，平昌孟公鎮湖南，將二歲矣。……世傳衡陽暑濕鬱蒸，休息於此，何為不然。今天下

二十六 同註三。卷九，頁四十七。

之人，正苦大熱，誰似茅閣？蔭而庥之。（註二十七）

其念茲在茲，滿心掛念的是猶是天下百姓。

永泰二年（西元七六六，即大曆元年）元結奉命再理道州，此次重任道州刺史，前後有兩年的時間。作〈再謝上表〉云：

臣某言，某伏奉某月日敕，再授臣道州刺史，以某月日到州上訖。……今四方兵革未寧，賦斂未息，百姓流亡轉甚。（註二十八）

上任之初，先為道州百姓被西原民族侵害之事，大力奔走，奏請皇上予以免科徵。對有才德之人，加以表彰、提拔，樹立民之模範，提升社會風氣。如讚揚處士張季秀介直高尚人格，作〈舉處士張季秀狀〉：

臣州僻在領隅，其實邊裔，土風貪於貨期，舊俗多習史事，獨季秀能介直自全，退守廉讓，文學為業，不求人知，寒餒切身，彌更守分，貴其所尚，願老山林。臣切以兵興已來，人皆

二十七　同註三。卷九，頁四十九。

二十八　同註三。卷十，頁五十二。

> 趨競，苟利分寸，不愧其心，則如季秀者，不可不加褒異。（註二十九）

又作〈菊圃記〉以示對人才的愛重：

> 舂陵俗不種菊，前時自遠致之，植於前庭牆下，及再來也，菊已無矣。徘徊舊圃，嗟歎久之，誰不知菊也芳華可賞，在藥品是良藥，為蔬菜是佳蔬，縱須地趨走，猶宜徙植修養，而忍蹂踐至盡，不愛惜乎？於戲！賢士君子，自植其身，不可不慎擇所處，一旦遭人不愛重，如此菊也，悲傷奈何。（註三十）

次山任職道州期間，致力於政事，四巡屬縣，一方面探視民情，一方面也遊覽自然風光，在永泰二年（西元七六六）作〈九疑圖記〉及〈寒亭記〉，記錄巡視屬縣至州南江華之所見所聞。大曆二年（西元七六七），朝廷以軍事之名，召元結到長沙，二月自長沙返道州，以舟行的方式，泛湘江，過零陵，正逢春天，沿途山光水色，廣覽景物，頗多感受，返回道州後，作〈刺史廳記〉、〈右溪記〉等，為文之中，多有觸景言理之作。

大曆三年（西元七六八），授容州刺史，兼御史中丞，充本管經略守捉使，原道州刺史之空缺，

二十九 同註三。卷十，頁五十五。

三十 同註三。卷九，頁四十八。

則由崔渙繼任。元結曾因母老需奉養，而上〈讓容州表〉乞免：

> 臣欲扶持版輿，南之合浦，則老母氣力，艱於遠行，臣欲奮不顧家，則母子之情，禽畜猶有，臣欲久辭老母，則又污辱名教，臣欲便不之官，又恐稽違詔命，……臣所以冒犯聖旨，乞停今授，待罪私門，長得奉養，供給井稅，臣之懇願，塵黷天威，不勝惶恐。（註三十一）

將自己欲效朝廷，為民服務的誠摯情感，和烏鳥私情之間的掙扎取捨充份表露，由於母親年邁，遠行不易，若順已忠國之心，辭別老母，奔赴容州就任，則母親無親人細心照料，實為不忍，而在忠孝無法兼顧下，元結希冀乞免授任，專心侍奉年邁母親，無奈未獲允許，乃移家浯溪，單車赴容州。當時容、管諸州豪蠻叛亂、盤據，元結到任之後，克守己職，親自入賊庭，予以撫順、曉諭，六旬而收復八州。〈元君表墓碑銘〉云：

> 轉容府都督，兼侍御史，本管經略使，仍請禮部侍郎張謂作甘棠頌以美之。容府自艱虞以來，所管皆固山谷，君單車入洞，親自撫諭，六旬而收復八州。丁陳郡太夫人憂，百姓詣使請留，大曆四年夏四月拜左金右衛將軍，兼御史中丞，管使如故。（註三十二）

三十一　同註二。卷三八〇，頁四八八五。

三十二　唐・顏真卿《顏魯公文集》，〈容卅都督兼御史丞本管經略使元君表墓碑銘〉，卷五（四部叢刊集部），頁三十三。

由於先前元結呈〈讓容州表〉，表中所陳，懇切真摯，代宗擬詔進回朝，但詔書未到，元結已遭母憂，於是去官奔喪，〈再讓容州表〉云：

前者陛下授臣容州，臣正任道州刺史，臣身病母老，不敢辭謝，實為道卅地安，數年祿養，容州破陷。不宜辭避，臣以為安食其祿，蹈危不免，此乃人臣之節，其時臣便奉表陳乞，以母老地遠，請解職任，陛下察臣懇至，追臣入朝，臣以為不貽憂歎，榮及膝下人子之分，不圖恩卟敕未到，臣丁酷罰，哀號冤怨，無所迨及。(註三十三)

大曆四年（西元七六九），元結五十一歲，起復為守金吾衛將軍員外，置同正負，又兼御史中丞，使持節都督容州諸軍事，兼容州刺史，充本管經略守捉使，賜紫金魚袋。元結丁母憂，寄靈柩於永州，蒙此因詔，實為驚惶，〈再讓容州表〉云：

伏奉四月十三日敕，以臣前在容州殊有理政，使司乞留，以遂人望，起復臣守金吾衛將軍，員外置同正員，兼御史中丞，使持節都督容州諸軍事，兼容州刺史，充本管經略守捉使，賜紫金魚袋，忽奉恩詔，心魂驚悸，哀慕悲感，不任憂懼，……，今陛下又奪臣情，禮授容州，臣遂行，則亡母旅櫬，歸葬無日，几筵漂寄，奠祀無主，捧讀詔書，不勝悲懼。臣舊患風疾，

三十三 同註二。卷三八〇，頁四八八五。

近轉增劇，荒忽迷忘，不自知覺，餘生殘喘，朝夕殞滅，豈堪金革，能伏叛人？（註三十四）

元結若應命前往容州，亡母棺櫬不知何日才能歸葬，且無人奠祀；若不應命，則辜負朝廷眾望，有進退兩難之慮。另一方面元結年屆五十，風疾復發，並有加重趨勢，恐無力再負重任，故堅辭容州職事，代宗體恤其情，終允所請，遂命其長孫替職缺。此年元結因母喪辭職，從此，便一直守制卜居在祁陽的浯溪。

元結閉門謝客，克守母喪，生活平淡、儉僕，另一方面因病在身，專心在家休養，無心於外務，甚至自號所居為「漫郎宅」，其林園荒廢，亦不思整治。直至大曆七年（西元七七二），元結丁憂服滿，奉召到長安，代宗待之甚為禮遇，欲加官秩，結卻卒於京師，朝野震悼，代宗持贈禮部侍郎。

元結的著作有《元次山集》、《篋中集》、《漫記》七篇、《猗玗子》三篇、《浪說》七篇、《文編》十卷，《元子》十卷、《異錄》等。（註三十五）

另外，由元結文章、志傳及其他論評中，亦可了解其人性格與嗜好，能作為研究元結散文創作風格的佐證。

劉熙載《藝概》卷一云：

三十四　同註三十三。

三十五　孫望：《新校元次山集》，元集附錄四，頁一九一—二〇一。

元次山文，狂狷之言也。其所著出現，意存乎有為；處規、意存乎有守，至七不如七篇，雖若憤世太深，而懮世正後甚。摯是亦足使頹廉懦立，未許以矯枉過正目之。

藉由元結作品可見其具有不隨世俗、卓爾不群的性格，因其本著為國為民仁慈寬厚的情懷，對於社稷中不公平之情事，直言不諱、公正無私，屢以激切的筆觸仗義執言。可知他具有浪漫不羈，直率取言之個性。

《藝概》卷二云：

元道州著書，有惡圓、惡曲等篇，其餘亦一肚皮不合時宜。然剛者必仁，此公足以當之。

秉持著以道德、操守為重的觀念，對於充斥著曲附權貴、圓滑媚世的惡劣風俗，堅決反抗，試圖加以突破、改變。並大力贊許具謙虛、樸實、退讓美德的君子，此可見元結其正直清介、嫉惡如仇、敢於突破及淡泊名利之性格特點。由於元結對社會、政治的關心及期待改變澆薄的時代風氣，往往無法實現，故有辭職退隱的作法。其性喜徜徉於自然之中，培養賞玩水、石的興趣，並傾心於音樂、寫作及交友、飲酒之事。這些嗜好方面渲洩心中之失意，使自己忘情順命，另一面亦合於一己反對綺靡浮華、淳古淡泊的個性。

元結之性格特徵為「浪漫不羈」、「剛正率直」及「淡泊樸實」：

一、浪漫不羈

〈漫論〉中，元結將浪漫不受世俗羈絆的性格表露無遺：

> 吾當於漫，終身不羞，著書作論，當為漫流，於戲！九流百氏，有定限耶！吾自分張，獨為漫家，規檢之徒，則奈我何？

面對世俗的種種規範，元結認為此太過設限，即使是九流百家諸子爭鳴的學術環境，亦感到有所局限，自定為「漫家」，迴異於傳統，自言為「漫流」，不隨世俗，其卓爾不群的人生態度由此可見。元結取「漫」字，有散漫、自由、不受拘限之意，來表現勇於突破傳統，自由自在的性格。〈自釋〉云：

> 及有官，人以為浪者亦漫為官乎，呼為漫郎，既客樊上，漫遂顯，……彼誚以聱者為其不相從聽，不相鉤加，……當以漫叟為稱，直荒浪其情性，誕漫其所為。

元結本著不受拘限，卓爾不群的情性以待人處世，並且稱為漫叟，以「漫」字自號，使元結無論仕、隱，均能享受瀟脫的生活樂趣。〈心規〉云：

> 元子病遊世，歸于商餘山中，以酒自肆。

即使養病之時，亦以酒食相伴自娛。〈與呂相公書〉云：

某性荒浪，無拘限，每不能節酒，與人相見，適在室，不能無歡於醉，醉歡之中，不能無過。

透過此書法斷約可勾勒出元結與友人相聚，總以飲酒為樂，然不至喝醉狂歡、暢談之境，絕不散會，也表現出元結率真，不羈的一面。

除了與好友相聚，不能無酒，元結在縱情自然美景時，亦要以酒相伴。〈抔樽銘〉云：

郎亭西乳有聚石，石臨樊水，漫叟構石顛以為亭，石有窊顛者，因修之以藏酒，士源受之，命為抔樽。

徜徉山水美景，除思慮興建亭閣以供人休憩外，亦不忘設置藏酒處，以方便日後在賞景之餘，可飲酒作樂，視此為人生一大美事。元結每以能盡興飲酒至醉，展現一己浪漫豪放之性情。〈七泉銘〉：

留一泉曰漫泉，蓋欲自旌漫浪，不厭歡醉者也。

其特將道州東邊所發現的七座泉池，大加修建，令一泉以「漫」字為名，以彰一己性情。

二、剛正率直

元結不論仕、隱，待人治事皆真誠、坦率，認為有可獻言之處，迫不急待，期能傾囊相助。〈與韋尚書書〉云：

> 古人所以愛經術之士，重山野之客，採輿童之誦者，蓋為其能明古以論今，方正而不諱，悉人之下情，結雖昧於經術，然自山野而來，能悉下情，尚書與國休戚，能無問乎？

在呈韋尚書之書信中，直陳一己能為國效力，並盡傾己知以助韋尚書，表現出元結耿介、直言的真率性情，即使涉及上位者功過賞罰之論處，若有不公平之處，也絕不迎命奉承，直諫不悔。〈與韋洪州書〉云：

> 某聞古之賢達居權位也，令當世頌其德，後世師其行，何以言之，在分君子小人，察視邪正，使無冤濫而無憤痛耳。……某以為賞中丞之功未當，論中丞之寬至濫，端公不知，情至泣涕交流，豈不為有冤濫未申而生此憤痛。

在此書中，直陳上位者不能分辨君子、小人，不能明察正義、邪惡，並痛批獎懲功過不當，使人感到痛心。此番仗義執言，表現出元結直率取言之性情；另一方面也可表明元結剛正不阿，嫉惡如仇的性格。〈訂古五篇〉序：

元子作訂古，訂古前世君臣父子兄弟夫婦朋友之道，於戲！上古失之，中古亂之，至於近世，有窮極凶惡者矣，……吾且聞之訂之，嗟之傷之，泣而恨之而已也。

對於君臣、父子、夫婦、兄弟、朋友等五倫關係，常因猜忌、鬥爭、淫亂、詐騙等惡劣的作為，造成社會亂象，元結認為社會、國家中造成此種亂象的人，應嚴加懲處，免除後患產生。〈再謝上表〉云：

今四方兵革未寧，賦斂未息，百姓流亡轉甚，官吏侵剋日多，實不合使凶庸貪猥之徒，凡弱下愚之類，以貨賄權勢而為州縣長官，伏望陛下特加察問，舉其功過，必行賞罰，以安蒼生。

面對貪婪、凶暴並以金錢賄賂買官位的人，元結大膽指摘，毫不畏懼權勢、暴力，勢除此種惡劣食官，以安定民心，維護公理，期求天子能賞罰立行，使為惡之官吏、百姓有所警戒，正表現出元結正直、剛正、嫉惡如仇的性格。

三、淡泊樸實

於〈董江夏自陳表〉中，元結直言，一己的生涯規畫，年少之時，期望能為國效力，為民服務，但自中年之後，心性轉變，冀望能縱情山水之中，而不願隨世浮沈，然均淡泊名利。文中云：

今臣年六十，老母在堂，縱未能奉義捐生，則豈忍兩忘忠孝，臣少以文學為諸生所多，中年自頤，逸在山澤。

〈出規〉一文則云：

汝若思為社稷之臣，則非正直不進，非忠讜不言，雖手足斧鉞，口能出聲，猶極忠言，與氣偕絕，汝若思為祿位之臣，猶當避赫赫之路，晦顯顯之機，如下廄粟馬，齒食而已。汝忍然望權勢而往，自致身於刑禍之方，得筋骨載肉而歸，幸也大矣！

元結早年對仕進，雖積極進取，期望有出頭之一日，藉以施展一己抱負，但眼見在朝為官者，坐擁祿位、金銀財貨，身獲盛名，欲動輒就誅、刑戮，不僅無法施展能力為民服務，甚至身家性命隨時不保，使元結體悟到名利之虛無、短暫。在〈述居〉中，元結述性安貧順命，謹守本分，深知富貴名利不足恃，領悟到人生在世，若能順應己命，安守己分，暢遊於自然美景，與朋友、親人同聚，過著聆音品酒的平淡生活，如此才是踏實、自在的人生。〈述居〉云：

吾聞在貧思富、在賤思貴，人之常情也，聖賢所有，然而知貧賤不可苟免，富貴不可苟取，上順時命，乘道御和，下守虛澹，修己推分，……夫人生於世，如行長道，所行有極，而道無窮，……予當乘時和，望年豐，耕藝山田，兼備藥石，與兄弟承歡於膝下，與朋友和樂於琴酒，寥然順命，不為物累，亦自得之分在於此也。

由此又可見身處廟堂的元結，雖眼見繁榮、昌盛的宮殿、高樓，而其內心實嚮往反樸歸真。其曾於文中敘及處身山水泉林之中，才能得到真正的自由快樂，此是身處高官厚祿的王公大人所不能明白的。〈心規〉云：

歌曰：「元子樂矣！」俾和者曰：「何樂亦然？何樂亦然？」我曰：「我雲我山，我林我泉。」……雖王公大人，亦不能自主口鼻耳目。

第三章　元次山之文學主張

元次山在文學史上的評價，歷來各家意見頗多出入，如歐陽修云：

次山當開元、天寶時，獨作古文，其筆力雄偉，意氣超拔，不減韓之徒也，可謂特立之士哉！（註一）

明・王世貞云：

次山於文爾雅，然不能高，而愛身後之名，其銘亦類是。（註二）

清・章學誠云：

人謂六朝綺靡，昌黎始回八代之衰，不知五十年前，早有河南元氏為古學於舉世不為之日也。

一　宋・歐陽修：《集古錄・唐元次山銘》卷七，（四庫叢刊本）

二　明・王世貞：《弇州山人四部稿》。（四庫叢刊本）

元亦豪傑也哉！（註三）

其實這些評論每陷一偏之見。或由作品形式面論斷，時或從作品之內容上批評；因此本文特由其文學主張入手，試圖尋找出元結散文的真髓。元結留傳至今的散文數量，有一百二十三篇，現存最早的明正德刊本中，有一百一十四篇，另外九篇，見於《全唐文》（註四），乃〈送張玄武序〉、〈自釋〉、〈峿臺銘〉、〈㾈廎銘〉、〈文編序〉、〈讓容州表〉、〈冰泉銘〉、〈再讓容州表〉、〈東崖銘〉。

第一節 崇實尚用

元結文學主張，強調實用功能。文人可以經由文學作品來傳達一己思想，並對社會百姓產生教化之效，且對政治社會起諷刺規勸的作用，以達經世致用。

元結〈文編序〉云：

三 清・章學誠：《章氏遺書・元次山集書後》，卷十三。

四 清仁宗敕編：《欽定全唐文》（北市匯文書局，民國五十年），〈送張元武序〉，卷三八一，頁四八九八。〈自釋〉，卷三八一，頁四八九七。〈峿臺銘〉，卷三八二，頁四九一〇。〈㾈廎銘〉，卷三八二，頁四九一〇。〈文編序〉，卷三八一，頁四八九七。〈讓容州表〉，卷三八〇，頁四八八五。〈冰泉銘〉，卷三八二，頁四九〇九。〈再讓容州表〉，卷三八二，頁四九〇九。〈東崖銘〉，卷三八二，頁四九一〇。

故所為之文，多退讓者，多激發者，多嗟恨者，多傷閔者，其意必欲勸之忠孝，誘以仁惠，急於公直，守其節分，如此非救時勸俗之所須者歟！

由此可見元結十分重視文學之影響力。

一、經世之用

元結早年孜孜求仕致用、留心國計民生，並因有實際的從政經驗，所以具體的政論文章頗多，或於敘述中寓含己意，故議論與敘述形式成為元結傳達己思之主要文體。其常在文章中對當時政治政策提出建言，如〈時議三篇〉，對軍事政策、朝廷浮靡風氣多所評議，期使天下百姓之生活有所改善；〈奏免科率等狀〉中，則主張減稅，使蒼生得以喘息，如此才能取得民心；又如〈舉處士張季秀狀〉中，希望上位者能重視人才、提拔人才，使社會中有能力者得以出頭。諸如這些，大都藉諸議論敘述以指陳時政得失。

元結〈二風詩論〉云：

客有問元子曰：「子著二風詩何也？」曰：「吾欲極帝王理亂之道，系古人規諷之流。」曰：「如何也？」夫至理之道，先之以仁明，故頌帝堯為仁帝，安之以慈順，故頌帝舜為慈帝。

則直接反映了元結期望經由文學作品，傳達出治國、平天下的理念，期許社會國家由具才、德之領導者來引領，此正表現出元結身為知識分子，欲藉立言來完成經世理想之願望。

〈劉侍御月夜讌會〉序中云：

> 於戲！文章道喪蓋久矣，時之作者，煩雜過多，歌兒舞女，且相喜愛，系之風雅，誰道是邪？諸公嘗欲變時俗之淫靡，為後生之規範。

因為元結認為文學是可以達到經世的目的，所以特別強調文學要能致用，上者，可以達到治國、平天下的目標，並可使社會風俗趨向美善。另一方面，也可見元結反對當時淫靡的文學潮流，不滿作家寫作之偽薄走向，強烈表達出作家之創作應以立意為先，形式為次，且要合於經世致用，若不合方正、耿直和典雅標準的作品，則不足為觀。〈篋中集〉序云：

> 彼則指詠時物，會諧絲竹，與歌兒舞女生污惑之聲於私室可矣。若令方直之士，大雅君子，聽而頌之，則未見其可矣。

此可見元結強力要求文章要能明道，並且合於經世教化之用。

元結和其同時代的蕭穎士、李華、獨孤及、柳冕、梁肅等一批古文家，因親身感受到社會政治混亂之苦，故期能於文章中，能傳達平定動亂、弘揚道德和導正時弊等實用目的之意旨，強力要求文學作品掃浮豔習氣，並發揮規範作用，以匡時補世，柳冕〈與徐給事論文書〉云：

> 文章本于教化，形于治亂，系于國風。（註五）

又梁肅〈秘書監包府君集序〉云：

> 文章之道與政通矣，世教之污崇，人風之薄厚，與立言立事者邪正臧否皆在焉。（註六）

元結〈文編序〉云：

> 故所為之文，……急於公直，守其節分，如此非救時勸俗之所須者歟！

元結之文學觀中，不僅做純理論的探討，更與實際創作結合，明確地指出作家寫作時，應保有理念，文章之形式實屬次要，並強調文學要有為國家、社會服務之實用性，且進一步做到救時補世之經世作用。

五　《全唐文》，卷五二七。

六　同註五，卷五一八。

二、規諷之效

元結一生經歷過仕宦、軍旅和隱逸等不同的生活，然始終關心社會民生，故能立於大我的角度，屢於文章中議論時政、反映民瘼，並認為文章是可用來鍼砭弊陋、勸善懲惡。〈閔荒詩序〉中，可見元結之文學觀：

> 天寶丙戌中，元子浮隋河，至淮陰間，其年水壞河防，得隋人冤歌五篇，考其歌義，似冤怨時主，故廣其意，採其歌，為閔荒詩一篇。

他認為文學可以藉古諷今，故取「冤怨時主」之意，達到「懲勸」、「諷刺」的作用。

元結將十二首為時、為事而作的古詩集合起來並據義命名，在〈系樂府序〉中云：

> 天寶辛未中，元子將前世嘗可稱歎者為詩十二篇，為引其義以名之，總命曰系樂府，……盡歡怨之聲者，可以上感於上，下化於下，故元子系之。

強調此十二首樂府詩，旨在反映社會黑暗、冤怨面，冀達到諷勸君上及感化黎民之作用。可見元結意識到文學是存有規勸、諷刺之功用。

諷時刺世的文學主張，實乃儒家傳統的文學觀，〈詩大序〉云：

上以風化下，下以風刺上，……經夫婦，成孝敬，厚人倫，美教化，移風俗，……明乎得失之跡，傷人倫之廢，哀刑政之苛，吟詠情性，以諷其上。

可見元結雖標舉自己為九流百家之外的「漫家」（註七），但於文學之「美刺」，仍繼承了《詩經》的文學觀點，要求文學能褒貶諷諭，以對時代有所裨補貢獻，其於〈舂陵行序〉云：

吾將守官，靜以安人，待罪而已，此州是舂陵故地，故作舂陵行以達下行，……何人采國風，吾欲獻此辭。

因為對於時弊有強烈的感觸，為達救世勸俗之目的，故強調一己之作品，是具有如同《詩經》之〈國風〉般，含有美刺的手法、褒貶之作用，元結除了於一己作品中表達「勸善懲惡」的文學主張外，亦積極於創作上實踐此一文學觀，如〈惡圓〉云：

圓以應物，圓以趨時，非圓不預，非圓不為。

運用諷刺筆法，批評當時追求名利、權勢之圓滑苟且的風氣。又如〈七不如七篇〉云：

七　元結：〈漫論〉（〈元次山文集部〉，四部叢刊集）卷八，頁四十二。云：「著書作論，當為漫流，於戲！九流百氏，有定限耶？吾自分張，獨為漫家。」

元子以為人之媚也，媚於時，媚於君，媚於朋友，媚於鄉縣。

運用反語，藉歌頌人性之毒、媚、詐、惑、貪、溺、忍等七種惡行，以諷刺腐敗世風，有警戒人心，規勸趨善之作用。

元結規諷之文學主張，雖繼承了《詩經》的美刺傳統，但他在文章內容方面並不強調要尊經，而是積極落實於發掘社會之怨憤、不平，力求解決之道，故於〈文編序〉云：

優游於林壑，怏恨於當世，是以所為之文，可戒可勸，可安可順。

反映出元結重視文學規勸、諷刺之作用，並意識到創作文學應要反映現實，且使現實安順的道理。

唐代古文家蕭穎士、李華、獨孤及、梁肅和柳冕等人，依傳統儒家宗經之思想，強調文學要能有經世教化作用，到了元結則突破了此一局限，一方面主張文學要具經世教化之作用，另一方面則力求文學能反映現實，體察現實情狀，發揮規勸、諷刺的作用，達到改善社會不良風俗、懲惡勸善之目的，元結此文學主張正符合唐代文學尚用之發展趨勢。元結能於文學主張上，強調實用性和思想性，並實踐於一己之創作上，實為韓愈、柳宗元的後續努力開創了一條坦途。

第二節　抒發情志

近人論及元結的文學作品，每每側重於崇尚實用的功能，而文學作品的價值，除了實用功能外，亦能有抒發情感、展現襟抱之功能。在唐代前期，固然很重視文學的實用功能，對於文學創作本乎情性之原理亦加以肯定，房玄齡《晉書．文苑傳後論》云：

夫賞好生乎情，剛柔本於性。情之所適，發乎詠歌，而感召無象，風律殊制。（註八）

令狐德棻《周書．王褒庾信傳論》云：

原夫文章之作，本乎情性，覃思則變化無方，形言則條流遂廣。（註九）

凡此，均是肯定文學能抒發性靈，表達情性真實。元結〈述時〉一文中：

至於歌頌謳吟，婦人童子，皆抒情性。

可見元結主張文學能抒情寫志，使社會百姓的心聲及一己的情懷，能藉文學作品被人了解。

八　房玄齡：《晉書．文苑傳後論》，卷九十二，頁二四〇六。
九　令狐德棻：《周書．王褒庾信傳論》，卷四十一，頁七四四。

一、道達情性

唐代前期，元結和同時代的古文家們，均親身經歷過紛亂的政治社會，除了提出文學應有經世教化之作用外，並在文章內容上，強調要能抒發人之情志。李華〈楊騎曹集序〉云：

行修言道以文。（註十）

獨孤及〈檢校尚書吏部員外郎趨郡李公中集序〉云：

志非言不形，言非文不彰，是三者相為用，亦猶涉川者假舟楫而後濟。（註十一）

又〈唐故殿中侍御史贈考功郎中蕭府君文章集錄序〉云：

足志者言，足言者文，情動於中而形於聲，文之微也，……君子修其詞，立其誠，生以比興宏道，歿以述作垂裕，此之謂不朽。（註十二）

元結對於文學能表達、抒發人之情感，亦提出了一己之見，〈與韋尚書書〉云：

十　李華：《全唐文．楊騎曹集序》，卷三一五。
十一　獨孤及：《全唐文．檢校尚書吏部員外郎趨郡李公中集序》，卷三三八。
十二　獨孤及：《全唐文：唐故殿中侍御史贈考功郎中蕭府君文章集錄序》，卷三八八。

古人所以愛經術之士，重山野之客，采輿童之誦者，蓋為其明古以論今，方正而不諱，悉人之下情。

元結由作品內涵加以探究，認為文學能表達出人類的喜怒哀愁之情感，尤其是在動亂、衰敗的時代中所創作出來的作品，往往更能傳達黎民的心聲。元結曾反省自己的創作動機，於〈文編序〉云：

更經喪亂，所望全活，豈欲跡參戎旅，苟在冠冕，觸踐危機，以為榮利，蓋辭謝不免，未能逃命，故所為之文，多退讓者，多激發者，多嗟恨者，多傷閔者。

說明了自己的文章是因為歷經紛亂的世代，軍旅倥偬、危機四伏的環境，內心產生了感傷、哀怨和憤怒之情，從而創作出來的。文章中流露出自己的憫時悲世，也傳達了庶民心聲。

元結更進一步地提出評鑑文章優劣之標準，〈劉侍御月夜宴會詩序〉云：

文章道喪蓋久矣，時之作者，煩雜過多，歌兒舞女，且相喜愛，系之風雅，誰道是邪？諸公嘗欲變時俗之淫靡，為後生之規範，今夕豈不能道達情性，成一時之美乎？

主張真正好的作品，即是能夠表現出人類共同普遍性的情感，而元結亦要求要合於典雅、正道。〈舂陵行〉序云：

吾將守官，靜以安人，待罪而已，此州是舂陵故地，故作舂陵行以達下情。……何人采國風，吾欲獻此辭。

透過實際創作的行動，提倡文學須表達人類的心聲，並批評那些喪失典雅、違背正道之作品，〈篋中集序〉云：

風雅不興，幾及千歲，溺於時者，世無人哉！……近世作者，更相沿襲，拘限聲病，喜尚形似，且以流易為辭，不知喪於雅正。

元結剖析自己的作品及創作動機，正緣自對大我環境的觸發，所以在其文學主張中，強調文學須有傳達普遍性和真實性的人類情性。

二、緣情體物

「緣情體物」出自陸機〈文賦〉「詩緣情而綺靡，賦體物而瀏亮。」唐、魏徵亦云：

文者，……言其因物騁辭，情靈無擁者也，唐歌、虞詠、商頌、周雅，敘事緣情，紛綸相襲，自斯已降，其道彌繁。(註十三)

十三 魏徵：《隋書．經籍志集部總論》，卷三十五，頁一〇九〇。

元結以尚用的文學風格著稱，事實上，他也認為文學有抒發情志襟懷的功能，肯定文學創作是本於人之情性，並更進一步提出，人因外在事物觸發感受，遂提煉出「意」以展開全文，若能透過具體事物的描寫，以表達抽象之意，如此令人易於了解。此可見元結認為文學作品之產生，一方面由於外物觸動人之情性而創作，另一方面可藉具體事物之敘述中，寄寓、抒發一己之情性，並主張文學作品能經由敘事、議論的寫作方法，使寫景和抒情密切結合，景中寓含情理，造成意蘊深長的效果。〈述時〉云：

> 至於歌頌謳吟，婦人童子，皆抒理情，美辭韻，指詠時物，與絲竹諧會，綺羅當稱。

元結提出了文學能藉敘述詠贊自然萬物之際，使一己之情性自然抒發。透過此一主張的實踐，使作品創造出生動且具有強烈情感之具象，讀者也能經由作者的眼睛去認識自然萬物，進一步感受到作者寄寓於景物中之情感，由此可見，元結並非以實用功能來作為衡量文學成就的唯一標準，對於文學的藝術成就，仍具獨到的審美角度。元結期許一己寄託於自然景物中之情懷，能藉由作品使時人後輩了解，〈冰泉銘〉云：

> 蒼梧郡城東二三里有泉焉，出在郭中，清而甘，寒若冰，在盛暑之候，蒼梧之人得救渴，……惟彼泉源，甘寒可徵，鑄金磨石，篆刻此銘，……彰厥後生。

元結直陳因見自然景觀而有所體悟，並藉敘述外在種種，抒發己身情感，乃因景生情，景中寓情。〈劉侍御月夜讌會〉序則云：

> 昔相會，第歡遠遊，始與諸公待月而笑語，……詠歌夜久，賦詩言懷，於戲！文章道喪蓋久矣，……諸公嘗欲變時俗之淫靡，為後生之規範。

除了著筆於友人同聚、暢遊山水外，亦因眼前的月夜美景而興起寫作衝動，以抒發一己的感受，且期能提供他人反思的空間。〈寄源休序〉：

> 元結頭族弟源休皆為尚書郎，在荊南府幕，休以曾任湖南，久理長沙，結以曾遊江州，……故抒所懷以寄之。

及〈右溪記〉一文：

> 道州城西百餘步，有小溪，南流數十步合營溪，水抵兩岸，悉皆怪石，攲嵌盤屈，不可名狀，……此溪若在山野，則宜逸民退士之所遊，處在人間，可為都邑之勝境，靜者之林亭，而置州已來，無人賞愛，徘徊溪上，為之悵然，……為溪在州右，遂命之曰右溪，刻銘石上，彰示來者。

可見元結於文中詳敘所見景色，並留心自然物之外形及實用面，亦藉由景物抒發內心情感。由此可知，元結於實際創作上，亦呼應其體緣情的文學主張，使情景自然交融，景中常寓真理，而此一見解，實為後世遊記文學開展了一條道路。

第三節　反對唯美

一、導正華美文風

〈四庫全書總目提要〉云：

> 考唐自貞觀以後，文士皆沿六朝之體，經開元、天寶，詩格大變，而文格猶襲舊規。元結與及，始奮起湔除，蕭穎士、李華左右之，其後韓柳繼起，唐之古文，遂蔚然極盛，斲雕為樸，數子實居首功。（註十四）

初唐文壇猶以徐、庾之華靡文風為主流，到了陳子昂才開始扭轉，遂漸走向雅正，元結和獨孤及亦力反雕琢綺麗之唯美風氣，而這種堅決反對空泛無物、浮豔綺靡之文學主張，元結清楚的表現在他

十四　《四庫全書總目提要‧毘陵集》，卷一五〇，頁三一三五。

對於文學作品的評價上。

〈篋中集序〉云：

風雅不興，幾及千歲，溺於時者，世無人哉！……近世作者，更相沿襲，拘限聲病，喜尚形似，且以流易為辭，不知喪於雅正。

由元結在〈篋中集〉中所錄，沈千運、王季友、于逖、孟雲卿、張彪、趙徵明和元季川等七人二十四首詩作，可見其選文標準一本個人之文學主張：對於文人徒求聲韻工巧、辭藻綺靡的文風，尖銳地加以批評，並且強調文學應有典雅、正道之精神。元結對文壇風氣之衰敗感到不滿，認為當世作者只追求空泛的形式美是不對的。元結對於唯美文風之反對，除了消極地批評，更積極地運用選文之評價和標準上，企圖袪除不良的文風，期望能導正於典雅正道。

所謂「道」，就是文章要有道德、教化之作用，並回復尚用的正統，堅決反對詩作、文章上的雜煩之聲、淫靡之辭。

二、崇尚復古精神

元結認為當代道德澆訛，不如古之淳厚，詩歌、文章均日趨淫靡，故對於「復古」一端，抱有能革新詩文浮豔風氣的期許，〈二風詩論〉云：

客有問元子曰：「子著二風詩，何也？」曰：「吾欲極帝王理亂之道，系古人規諷之流。」

〈酬孟武昌苦雪〉亦云：

古之賢達者，與世竟何異？不能救時患，諷諭以全意。

元結為文主在撥亂反正，力求擺脫徒求形式美之文風，強調文學內容要能有實用之正統精神，此一主張，是繼承了陳子昂復古以革新的詩文理論。在〈文編序〉中云：

是以所為之文，可戒可勸、可安可順，……故所為之文，……其意必欲勸之忠孝，誘以仁惠，急於公直，守其節分，如此非救時勸俗之所須者歟！

表明了元結的文學觀點，強調須有道德、教化之內容，亦明言此具道德、教化之正統精神，得向古代的文學傳統學習，〈補樂歌十首〉序云：

嗚呼！樂聲自太古始，百世之後盡無古音。嗚呼！樂歌自太古始，百世之後盡無古辭。今國家追復純，列祠往帝，歲時薦享，則必作樂，而無雲門咸池韶夏之聲，故探其名義以補之。……猶乙乙冥冥有純古之聲，豈幾乎司樂君子道和焉爾！

三、主張文質兼具

六朝時期，文學走向形式主義、唯美主義，到了唐朝蕭穎士、李華等人，則以經典為文學之典範，並對屈原、宋玉之後的文學作品予以否定，李華〈贈禮部尚書濟河孝公崔沔集序〉云：

> 夫子之文章，偃、商傳焉，偃、商歿而孔伋、孟軻作，蓋六經之遺也。屈平、宋玉，哀而傷，靡而不返，六經之道遁矣。

同一時期，柳冕和獨孤及也認為屈原和宋玉的作品太過浮靡，甚至批評屈、宋作品為「亡國之音」（註十五）。但就文學發展史上看，屈原是第一位著名的文學作家，其作品〈楚辭〉於形象描寫和文學形式上對文學是有著巨大貢獻及影響，而蕭穎士等古文家，卻把屈原、宋玉的文學成就等同於六朝以來浮豔文風，一併加以否定、排斥，認為文學若講究文采，會妨礙正統儒道內容的闡發，柳冕〈答徐州張尚書論文武書〉云：

> 自成、康歿，頌聲寢，騷人作，淫麗興，文與教分為二。不足者強而為文，則不知君子之道，知君子之道者，則恥為文，文而知道，二者難兼。（註十六）

十五 柳冕：《全唐文・謝杜相公論房、杜二相書》，卷五二七。
十六 柳冕：《全唐文・答徐州張尚書論文武書》，卷五二七。

同時代的元結，則對唐代繼承六朝唯美文風，大力反對，堅決擯斥此類空泛無物、浮豔綺靡的文學作品，並藉由〈篋中集〉中所錄七人之作，表明自己否定徒求聲韻工巧、辭藻綺靡之選文標準，認為佳作必得合於典雅、道德之精神。

元結的批評標準和文學宗旨，都是把內容具實用、合教化者置首位，然其並非完全忽視文藝技巧的重要，此一觀點，比同時期的古文家們更為進步可取，如〈述時〉云：

> 天下太平，禮樂化於戎夷，慈惠及於草木，雖奴隸齒類，亦能誦周公孔父之書，……至於歌頌謳吟，婦人童子，皆抒性情，美辭韻，指詠時物，與絲竹諧會。

由此可見，他除了重視文學能表達具教化、道德之內容外，亦贊成文學不但能抒發人之情性，也應有優美的修辭與聲韻，甚至可配合樂曲供人歌詠朗頌。〈系樂府十二首序〉，更可看出元結認為文學之內容和形式應當並重。該〈序〉云：

> 天寶辛未中，元子將前世嘗可稱歎者為詩十二篇，……總命曰系樂府。古人歌詠不盡其情聲者，化金石以盡之，共歡怨甚耶戲，盡歡怨之聲者，可以上感於上，下化於下。

元結認為樂府此類文學作品，可以使讀者在歌詠吟唱之時，內心受其感動，然而唯有作品具聲情韻律，才能真正打動感化人心，於此，他將形式和內容相提並論，更進一步提出自己對天籟的喜愛，

〈水樂說〉云：

> 元子於山中尤所耽愛者，有水樂，水樂，是南磴之懸水，淙淙然聞之多久，於耳尤便，不至南磴，即懸庭前之水，取欹曲竇缺之石，高下承之，水聲少似，聽之亦便。

〈訂司樂氏〉云：

> 八音教其心，五聲傳其耳，不得異聞，則以為錯亂紛惑，甚不可聽，況懸水淙石，宮商不能合，律呂不能主，變之不可，會之無由。

元結嚴批人工聲韻技巧若粗劣，非但不能啟教人心，更有紊雜不可聽之弊。

由上所述，可知元結並非反對藝術技巧，只是不滿那些賣弄藝術筆法或拙劣不入流，加上又無充實思想內涵的作品，他認為成功的作品，應是文質兼具，且相輔相成。

第四節　主創新反抄襲

元結於文章中曾表明自己乃是耿介拔俗、不願隨波逐流之人，〈漫論〉云：

著書作論，當為漫流，於戲！九流百氏，有定限耶？吾自分張，獨為漫家，規檢之徒，則奈我何？

〈漫論〉一文表明其求新求變、勇於突破傳統的人生態度，由其自封為九流百氏之外的「漫家」，及自敘凡事均自有定見，可知元結不受傳統束縛，具有勇於創新的精神。

一、主張創新

元結力排駢麗文體，並以實際創作來支持散體古文之推動，打破了四六駢文的僵化寫法，勇於嘗試各種創作方式。如〈元魯山墓表〉：

嗚呼！元大夫生六十餘年而卒，未嘗識婦人而視錦繡，不頌之何以戒荒淫侈靡之徒也哉？未嘗求足而言利，苟辯而便色，不頌之何以戒貪猥佞媚之徒也哉？未嘗主十畝之地，十尺之舍，十歲之童，不頌之，何以戒占田千夫，室宇千柱，家童百指之徒也哉？……於戲！吾以元大夫德行遺來世，清獨君子，方直之士也歟！

文中屢用設用法、排比式來表現元德秀一生之性行，及可供後人景仰之處，此與傳統直筆舖陳、歌功頌德的墓表之寫作方法是大不相同的。又如〈菊圃記〉：

> 春陵俗不種菊，前時自遠致之，植於前牆下，及再來也，菊已無矣，……誰不知菊也芳華可賞，在藥品是良藥，為蔬菜是佳蔬，縱須地趨走，猶宜徙植修養，而忍蹂踐至盡，不愛惜乎？於戲！賢士君子，且植其身，不可不慎擇所處。

文中連連將直接敘述方式轉換為譬喻式議論法，使文氣急切激昂，也增加文章題旨之深度，是和傳統只敘述景物的山水遊記別有異趣，進一步地使記體文章具有深刻的內蘊。而〈丐論〉：

> 天寶戊子中，元子遊長安，與丐者為友。或曰：「君友丐者，不太下乎？」對曰：「古人鄉無君子，則與雲山為友，……丐者，今之君子，吾恐不得與之友也。丐者丐論，子能聽乎？

及〈寱論〉：

> 大夫不聞古有郤侯，侯家得寱婢，寐則寱言，寐則侯輒鞭之，如是一歲，婢寱如故，侯無如婢何。有夷奴，每厭勞辱，寐則假寱，其言似不怨而若忠信，……大夫誠能學奴效婢，假寱言以譏諫人主，俾悔過追誤，與天下如新。

〈丐〉、〈寱〉二論中，致力描摹人物之動作、對話等，並舖陳出一個具情節吸引人的故事，將作者欲諷刺、議論之主旨，藉此具象強烈予以表現，打破了傳統空泛、凝重的論說文形式。敘述和議論靈活地交替運用，既能深刻的表現嚴肅主題，又富新奇、有趣的效果。

諸凡上述作品中之創新寫法，顯示了元結於思想性格上的不受羈絆、勇於突破創新。再者，能印證元結的文學觀念確實是文質二端相輔相成，多變的形式技巧為內涵增色不少，而深刻、廣泛的內容，也使形式技巧之效果顯著。其三，也表現了元結散文技巧之運用，有創新與開拓，打破了傳統體裁的寫作樊籬，自如地運用設問、比喻、排比技巧，適當的轉換敘述和議論手法，使作品立意深刻。

二、反對抄襲

元結其人思想、行事和文學觀上，均積極求新求變，不受傳統羈束，但並非一味貪新好奇，或刻意不同於他人，〈篋中集序〉云：

> 吳興沈于運獨挺於流俗之中，強攘於已溺之後，窮老不惑，五十餘年，凡所為文，皆與時異，故朋友後生，稍見師效，能似類者有五六人。於戲！自沈公及二三子，皆以正直而無祿位，皆以忠信而久貧賤，皆以仁讓而至喪亡，異於是者，顯榮當世。

他認為充斥整個大環境的文學潮流，不一定就是值得人學習的，他讚揚沈于運之文風，不蹈襲前人，擁有一己獨創之風格，和當時的文壇風氣大不相同，此正反映出元結在文學創作上，強調文必己出的獨創性，另外也藉由論沈于運有高尚、正直的節操，寫出異於時俗的作品，反映出元結對作家之要求，務以耿介、正直為佳。〈篋中集序〉云：

近世作者，更相沿襲，拘限聲病，喜尚形似，且以流易為辭，不知喪於雅正。……與歌兒舞女生污惑之聲於私室可矣！若令方直之士、大雅君子，聽而誦之，則未見其可。

元結大力批評、反對抄襲他人或襲蹈前人之作品，認為為文應抒己見，才能具獨創價值。〈九疑圖記〉：

但苦當世議者拘限常情，牽引古製，不能有所改　也，……故圖畫九峰，略載山谷，傳於好事，以旌異之。

元結之創作態度，並非食古不化，反對世人自我設限，襲蹈古風而失卻自我，主張跳脫傳統窠臼，不憚改變，應創造不同於時俗之作品，表達一己獨創之見解。

由以上兩方面，可以明白元結在散文創作上的貢獻，他要求形式和內容相輔相成，並突破傳統空疏明道之內容，和刻板凝重的形式，也建立了反對抄襲和主張獨到的正確文學觀念，對後世古文有莫大的啟迪。

由元結的四個文學主張：一、崇尚實用；二、抒發情志；三、反對唯美；四、主創新反抄襲，可以說明元結在古文運動中之貢獻。元結作品共一百二十三篇，數目雖不算多，但強調作品內涵和重視藝術技巧方面，影響其後古文大家十分深遠。元結認為文學要有經世教化及規勸諷刺的功能，以達改善社會不良風俗及懲惡勸善之目的，不但符合唐代文學尚用的發展趨勢，且為韓愈、柳完元後續推行古文運動開創了一條明路。他又提出文學應具抒發情志之功用，認為能文者可把對外在事物之思考及情感，反映到作品中，使之情景交融、景中寓理，而此一文學主張也為後世遊記文學開展了一條坦途。

元結在唐代散文之貢獻，是提出正確的文學主張，並於一己創作上切實地實踐出來，他的文學理念和創作，對於散文發展的走向，具有關鍵的影響，此正顯示他在唐代古文運動中的先導地位。

第四章　元次山散文之內涵

元結至今留存的散文作品，約有三分之二集中於四十歲至五十歲間所撰寫；政治理念和個人感想是主要內容。

由於數度出任道刺史，政治使命感加上對社會民生的責任心，使元結頻頻於文中臧否政事反映民意，同時亦有其立身處世、自我理念的呈現。

現分三部分：政治理念、社會關懷及個人省思加以討論。

第一節　政治理念

一、人臣職責

〈刺史廳記〉云：

天下太平，方千里之內，生植齒類，刺史乃存亡休感之係。天下兵興，方千里之內，能保黎庶，能攘患難，在刺史爾。

元結一心為民之情感，由任道卅刺史一職，推及所有為刺史者之作為，在保護百姓，為人民排除禍患災難。因刺史與民眾休戚與共，故其等操守及行事優劣，影響民生甚大。〈刺史廳記〉云：

若不清廉肅下，若不明惠正直，則一卅生類，皆受災害。

刺史應有清廉、耿介、光明、慈惠、公正、正直等良好操守，才能使其隸下百姓以他為模範。於〈呂公表〉中，強調為官者應多留意外在行為的表現，並讚頌能公正無私、慈惠不貪、威嚴治事、政策嚴明和正直耿介的官員態度，認為此者可作為眾民的典範：

公明不盡人之私，惠不取人之愛，威不致人之懼，令不求人之犯，正不刑人之僻，直不指人之恥。

除了操守及行為為表現外，元結認為擔任地方官之人，唯有多了解民意，依此修正自己的施政方式，才能使地方長治久安。〈縣令箴〉云：

古今所貴，有土之官，當其選授，何嘗不難，為其動靜，是人禍福，為其噓翕，作人寒燠，煩則人怨，猛則人懼，勿以賞罰，因其喜怒，太寬則慢，豈能行令，太簡則疏，雖與為政，既明且斷，直焉無情，清而且惠，果然必行。

元次山藉陳述本身任職經驗，來勸諭為官者要安民、求政寧，施政執令要果決，才不致使百姓無所適從；賞賜處罰要公正，才不致使百姓苟且怠惰；施政及命令依從民眾之需要加以修正，如此百姓才能要考量，隨時調整政策、命令易造成叛變、混亂的局勢，其於〈謝上表〉云：

若無武略以制暴亂、若無文才以救疲弊，若不清廉以身率下，若不變通以救時須，一卌之人不叛則亂將作矣。

品性不佳的官員，元結認為是導致百姓生活不寧的主因，〈刺史廳記〉云：

前輩刺史或有貪猥　弱，不分是非，但以衣服飲食為事，數年之間，蒼生蒙以私利侵奪，兼之公家驅迫。

〈崔潭卌表〉云：

於戲！刺史，有土官也，千里之內，品刑之屬，不亦多乎？豈可令凶豎暴類貪夫姦黨以貨權家而至此官？

貪污斂財、姦邪恣肆和放任屬下之從政者，是政治紊亂、社會敗壞的根源，元結藉〈崔潭州表〉直接道出了為官者素質和政治良窳的關係。元結對人臣職責之要求，是源自一心為民的情感，體認到百姓希望免遭肆虐、殘殺的命運，渴盼免於飢餓、凍寒的生活。〈時規〉云：

何不曰願得如九州之地者億萬，分封君臣父子兄弟之爭國者，使人民免賊虐殘酷者乎？何不曰願得布帛錢貨珍寶之物，溢於王者府藏，滿將相權勢之家，使人民免飢寒勞苦者乎？

他認為百姓遭受到殘酷飢勞的生活，都是因為為官者重己利輕民生諸般劣行所造成。

由於唐朝前期，政局尚不穩定，戰爭、飢荒、苛賦、重役……種種天災人禍交相焦煎，陷百姓於水深火熱之中。處此局勢，元結的作品不時流露出對時代百姓的熱切關注，此類憂民作品，除於文中抒發切身所見所聞外，進而更表露出對民生疾苦的關懷，也深刻描摹了社會的黑暗。〈請收養孤弱狀〉云：

小兒等無父母者，鄉國淪陷，親戚俱亡，誰家可歸，傭丐未得，有父兄者，其父兄自經艱難，久從征戍，多以忠義，遭逢誅賊，有遺孤弱子，不忍棄之，……乞令諸將有孤兒投軍者，許其驅使，有孤弱子弟者，許令存養。

〈狀〉中寫擁兵權者爭利奪權，輕啟戰端，致使孤兒弱子，四處流淚，無家可歸，所以元結為民仗義直言，既體恤人民之苦痛，設法解決孤苦無依者之困難，另一方面也暗斥官吏冷眼旁觀之劣態。〈請給將士父母糧狀〉云：

> 將士父母等皆因喪亂，不知所歸，在於軍中，為日亦久，……其將士父母等伏望各量事給其衣食，則義有所存，恩有所及，俾人感勸。

該〈狀〉則深切展現元結為眾民生計奔波，為弱勢者解困的熱切情感，亦反映出元結認為仕宦之人應致力為民服務，一本「先天下之憂而憂」、「後天下之樂而樂」的態度。〈請省官狀〉云：

> 自經逆亂，卅縣殘破，唐鄧兩州，實為尤甚，荒草千里，是其疆畎，萬室空虛，是其井邑，亂骨相枕，是其百姓，孤老寡弱，是其遺人，哀其恤之，尚恐冤怨，肆其侵暴，實恐流亡。

對於施政者的無心、怠惰，戰爭的殘酷、混亂，導致生靈塗炭，元結深惡痛絕，幾度撰文責斥，藉由對百姓居處的殘破，生活慘狀之描寫，為天下蒼生請命，更暗斥昏官污吏不恤民命，這種官吏不但不能保護人民，反而逼民至絕路。〈請省官狀〉云：

> 今賊寇憑凌，鎮兵資其給養，今河路阻絕，郵驛在其供承，若不觸事救之，無以勞勉其苦，為之計，在先省官。

元結身任道州刺史，透過論敘自身責任，暗諫貪婪之官吏，顯得真切而深刻。又如〈刺史廳記〉：

> 凡刺史若無文武才略，若不清廉肅下，若不明惠公直，則一州生類，皆受災害。於戲！自至此州，見井邑丘墟，生人幾盡，試問其故，不覺涕下。前輩刺史或有貪猥惛弱，不分是非，但以衣服飲食為事，數年之間，蒼生蒙以私欲侵奪，兼之公家驅迫。

將任職道州時，眼見百姓被貪官污吏壓迫侵害，財貨被掠奪一空，如此一來，人民只得遠避他方，不得寧居；以激切、直接的言論，道出心中的不滿，亦反映出人臣應以百姓所需為優先考量。為人臣之職責，除了要體察民意，了解人民生活之外，元結認為更要積極的為民設想，使下情得以上達，反映出元結以民為本的政治思想，其於〈縣令箴〉云：

> 古今所貴，有土之官，當其選授，何嘗不難，為其動靜，是人禍福。

凡治理一地區之官吏，若能積極為民謀福，為民設想，則可受百姓愛戴，亦可造就人民之福祉。元結於任官之時，亦力行實踐民本思想，不時上書，為民喉舌。即使未任官職，元結對於政治仍深切關注。〈茅閣記〉云：

> 平昌孟公鎮湖南，將二歲矣。以威惠理戎旅，以簡易肅州縣。刑政之下，則無撓人，故居方

> 多閑。……世傳衡陽濕鬱蒸，休息至此。何為不然，今天下之人正苦大熱，誰似茅閣？蔭而麻之。

其於前往好友所鎮守的湖南拜訪，本為休養並與友人同歡，而心繫政事的元結，仍不忘細察湖南政績，見孟公以謹慎、威嚴、慈惠等態度治理百姓，當地天氣雖酷熱，但人民卻能休養生息，因此觸發了元結替遭侵削的天下蒼生憂不平的心情。

〈自箴〉云：

> 有時士教元子顯身之道曰：「于時不爭，無以顯榮，與世不佞，終身自病，君欲求權，須曲須圓，君欲求位，須奸須媚，不能此為，窮賤勿辭。」

〈殊亭記〉云：

> 扶風馬向兼理武昌，以明信嚴斷惠正為理，故政不待時而成。於戲！若明而不信，嚴而不斷，惠而不正，雖欲理身，終不自理，況於人哉？公能令人理，使身多暇。

為官者，在人格和施政上，須做到光明磊落且信實誠摯，嚴格果斷，若欺瞞偏私，個性軟弱，會造成百姓無所適從和社會不安。此番細察和自省，表現出元結的自許和他許——冀蒙朝廷重用，期為蒼生謀福。

元結平日除了思考檢討為官者之職者外，亦仔細觀察循吏所作所為，加以表彰讚揚，期望循吏能作為其他為官者之典範，並認為唯有此種良官才能使百姓樂生安居，真心悅意誠服。〈夏侯岳州表〉云：

> 公能清正寬恕，靜以理之，故其人安和而服說，為當時法則，……見公在州里與山野童孺與當道辭色均若，……吾是知道勝於內者，物莫能撓，德充於外者，事不能誘。

良官循吏能深入民間，了解百姓所需，並致力解決大眾的困阨，真正發自內心去關懷人民、施展德政。〈崔潭州表〉云：

> 在今日能使孤老寡弱無悲憂，單貧困窮安其鄉，富豪強家無利害，賈人就食之類，各得其樂，職役供給不匱人而當於有司，若非清廉而信，正直而仁，則不能至。

有時元結身在江海之上，心猶居魏闕之下，以客觀的角度，品評秉政之人的高下，實反映其仁政愛民的思想，並難掩期盼為百姓服務的熱忱。

二、君主典式

元結對於荒嬉怠政的君王，心中多有感觸，但未任官職，不克直言進諫，所以藉由評論古代帝王，以古喻今，期望上位者能從歷史中得到經驗或教訓。〈元謨〉云：

上古之君，用真而恥聖，故大道清粹，滋於至德，至德蘊淪，而人自純，……殆乎衰世之君，先嚴而後殺，乃引法樹刑，援令立罰，刑罰積重，其下畏恐。……乃乘暴至亡，因虐及滅，亡滅兆鍾，其下憤凶，此頹弊以亡之道也。

古代聖王施行仁政，達到經世濟民、撥亂反正的效果，百姓皆悅服，天下太平；而衰敗亂亡之國，其國君每以殘暴兇虐的手段，立嚴刑酷法，迫百姓屈服，民怨積累難消，遂群起反抗，終至覆滅。元結據此期誡國君，以德政安民，天下方可平治，國祚才能綿延。除了以德政施於民外，他認為天子在平日行為舉止，亦足以影響社會百姓，不可不慎；君王應具儉約、樸素的美德，上行下效，風行草偃。又如〈說楚何荒王賦〉上云：

今君上喜愛浮宮罛釣，今臣下喜愛浮司浮鄉，吾恐君臣各迷，而家國共亡。

元結以古代楚國何荒王之傳說，說明君王若沈迷於豪奢的宮殿，妖豔舞動的侍婢，豐珍的海產，毫不關心臣民，則將影響臣子走向侈靡之路。假使君王、臣子均耽迷此道，久之，國家必亡。元結運用析理的方式諷勸上位者，勿好大喜功，不恤民命。〈述時〉云：

昔隋氏逆天地之道，絕生人之命，使怨痛之聲，滿于四海，四海之內，隋人未老，隋社未安，而隋國已亡，何哉？奢淫暴虐昏惑而已。

他運用評史的方式，說明隋煬帝開鑿運河，勞民傷財而導致滅國，以勸喻君上，藉古諷今。元結認為君王施行仁政，以德教化百姓，廣施禮樂，使人人均能誦讀周公、孔子之書，國家必能大治。〈述時〉云：

於我國家，六葉于茲，高皇至勤，文皇至明，身鑒隋朝，不敢滿溢，清儉之深，聽察之至，仁惠之極，泱泱洋洋，為萬代則，聖皇承之，不言而化，四十餘年，天下太平，禮樂化於戎夷，慈惠及於草木，雖奴隸齒類，亦能誦周公孔父之書，說陶唐虞夏之道。

元結認為周公、孔子乃禮樂化民的時代，人心淳美，君臣和百姓，均以禮自持，如此正反映出元結心目中理想的政治藍圖。此理想國度，乃是依聖制而治的社會，並認為依禮樂制度來改革混亂的時局，才能使國家進步。

元結的政治主張，大多以儒家的愛民思想做前提，再盱衡現實環境，提出積極救世之道。雖然其作品，時有要求依古代的模式來改變當時政局的見解，或於過度理想化，但元結卻很能掌握施政的精髓，實乃當時政壇的清流。〈述命〉云：

> 嗚呼！上皇強化天下，天下化之，養之以道德，……嗚呼！後王急濟天下，天下從之，救之以權宜。

元次山細體古代聖王之施政方法，得到兩個重點：一、效法昔日上皇，以內在道德化民成俗。二、吸取後代聖主的施政理念，以權宜變通的態度，順應時局，合民所需。

三、諷諫政風

由於處於變動的世局，元結對人君、人臣有較為激切的指責，〈游右溪勸學者〉云：

> 階庭無爭訟，郊境罷守衛，時時溪上來，勸引辭學輩。今誰不務武，儒雅道將廢，豈忘二三子，旦夕相勉勵。

戰事頻生，使朝野疲於應付，百姓生活困頓，流離失所，元結認為治國之大本在於養民，故大力批判混亂、擾民的政局措施。〈謝上表〉云：

> 去年九月敕授道州刺史，屬西戎侵軼，……臣州先被西原賊屠陷，節度使已差官攝刺史，……臣以五月二十二日到州上訖，耆老見臣，俯伏而泣，官吏見臣，以無菜色，城池井邑，但生荒草，登高極望，不見人煙。

藉西戎侵害道州，以致民不聊生、性命不保，批判當前政治昏墨、軍事不力之弊。元結率兵於泌南之地，盡見殘屋斷垣、屍橫遍野，〈哀丘表〉云：

> 元子理兵于有泌之南。泌南，至德丁酉為陷邑，乾元己亥為境上，殺傷勞苦，言可極耶！街郭亂骨如古屠肆，於是收而藏之，……吾哀凡人不能絕貪爭毒亂之心，守正和仁讓之分。

遂哀憐無辜百姓、士兵，為戰爭犧牲性命，雖換來暫時和平，但卻無法止息人性中為利爭奪、為權相殘之心，並痛批政壇風氣浮靡，輕啟兵戎、民墜塗炭，只是為了填塞少數王公大臣永不饜足的心。〈問進士〉第一云：

> 天下興兵，今十二年矣，殺傷勞辱，人似未厭，控強兵，據要害者，外以奉王命為辭，內實理車甲，招賓客，樹爪牙，國家亦因其所利，大者王而相之，亞者公侯，尚不滿望。

〈時議上篇〉云：

> 今天子重城深宮，謙和而居，冕旒清晨，纓佩而朝，太官具味，當時而食，太常修樂，和聲而聽，軍國機務，參詳而進。

政治局勢之改善，需在位者親身致力而為，建議天子雖居深宮別苑，對政治事務、軍事政策，可請大臣、將帥詳細進稟，以能確實掌握，並加以規範管理。若天子引領政務之改革，切實執行法令，必使貪婪之人無機可趁；另外，王公大臣應各就己位，克盡己職，並提攜後進，使政壇任用賢才者，以淘汰投機進取者，〈文編序〉云：

> 切恥時人諂邪以取進，姦亂以致身，徑欲填陷　於方正之路，推時人於禮讓之庭。

元次山認為朝廷注入具公正、耿直、禮義和謙讓等高尚操守的新血，則可帶出謙和、廉潔的政治風尚。〈時論中篇〉云：

> 今國家非欲其然，蓋失於太明太信而然耳，夫太明則見其內情，將藏內情，則罔惑生焉，罔上惑下，能令必信，……如此，使朝廷遂亡公直，天下遂失忠信，蒼生遂益冤怨，如公直亡矣，忠信失矣，冤怨生矣！豈天子大臣之所喜乎？

四、提拔人才

元結對當時政壇上能以耿直、廉介、公正、謙退等優美德治事待人者，多加讚揚；竭力舉薦，然因戰事頻生，朝野形成一股尚武崇競之風，官商勾結以謀取暴利，賂賄之習，積重難返。〈舉處士張季秀狀〉云：

臣州僻在嶺隅，其實邊裔，土風貪於貨賄，舊俗多習吏事。

即使地處偏之州偶，其浮靡、貪婪的官僚作風亦如同朝。〈問進士〉第二云：

往年天下太平，仕者非累資序，積勞考，二十許年，不離一尉，至于入廊廟，總樞轄，則當時名聲籍甚者得至焉。今商賈賤類，臺隸下品，數月之間，大者上污卿監，小者下辱州縣，至於廊廟，不無雜人，……今國家行何道？得九流鑑清，作何法？得僥倖路絕，施何令？使人自知恥？

面對競靡、求利的風氣，元結主張有才者，才能達到撥亂反正的功效，使國家進步興盛。〈舉處士張季秀狀〉云：

臣切自兵興已來，人皆趨競，苟利分寸，不愧其心，則如季秀者，不可不加褒異。

所謂才德之士，除了原具耿介、正直、謙虛和退讓等，並能進德修養，提升自我。朝廷若能任用此種人才，可以改變浮靡、貪婪的政治風氣，轉為謙和、廉潔，使地方太平，天下大治。〈舉處士張季秀狀〉云：

獨季秀能介直自全，退守廉讓，文學為業，不求人知，寒餒切身，彌更守分，貴其所尚，頗老山林。

〈別崔曼序〉云：

若求先達賢異相拉扰，正在張公，張公往年在西域，主人能用其一言，遂開城千里，威震絕域，張公往在淮南，逡巡指麾，萬夫風從，……今海內兵革未息，張公必為時用。

所以元結力薦有才德者，期能為政府所重用，使國家強盛。〈舉呂著作狀〉云：

姪質性純厚，識理通敏，仁孝之性，不慚古人，……軍府之事，皆季重諮問，事無大小，處之無情，以臣所見，季重不獨為賢弟子。

他特別呼籲上位者，任用人才，可使天下平治，故人才之舉薦審核應特別謹慎。此觀點並非一味地空言，而是針對現實環境、切身經驗，有感而發。〈篋中集序〉云：

於戲！自沈公及二三子，皆以正直而無祿位，皆以忠信而久貧賤，皆以仁讓而至喪亡，異於是者，顯榮當世。

朝廷輕忽才德兼備之士，使之遭到無情打擊，終生不得施展抱負，造福百姓，有幸為國效命，亦旋即因謗毀，而不得不退居田野。〈張處士表〉云：

若非介直方正，與時世不合，必識高行獨，與時世不合，……彼若遭逢不容，則身不足以為禍，將家族以隨之，至於傷污毀辱，何足說之，故使之矯然絕世，逃其不容，直為逸民，竟為退士，枕石飲水，終身而已。

惡性循環之下，政權為投機者佔據，政局劣勢無法好轉，德人才俊，往往只能退隱自修，縱情山水；對此，元結曾有切膚之痛，無奈惋歎下，也只能為文章批判社會不重才德，執權稟者亦無鑒德識才之能。〈菊圃記〉云：

誰不知菊也芳華可賞，在藥品是良藥，為蔬菜是佳蔬，縱須地趨走，猶宜徒植修養，而忍蹊踐至盡，不愛惜乎？……於戲！賢士君子，自植其身，不可不慎擇所處。

元結體察到國家要進步，全民須同心協力，若能由其中選拔出優秀人才，作為引領者，定能使社會進步；而當時的情況，竟是才德之士縱有心力，卻不得出頭效力。〈右溪記〉云：

此溪若在山野，則宜逸民退士之所遊，處在人間，則可為都邑之勝境，……而置州已來，無人賞愛，徘徊溪上，為之悵然。

元結藉美景勝境來比喻才德之士，及足為人稱美，其對社會國家饒富教化、引領之效。若不能重視任用這些人才，實屬浪費。

第二節　社會關懷

一、檢討社會風氣

大唐之朝，其社會正處於開發、上升的階段，唐代文人皆有建功立業的雄心壯志，尤其對於仕途的追求強烈，但在人人互相競爭出頭的風氣中，時見唯利是圖、寡廉無恥的行徑，元結處於此種環境中，積極盡忠職守，力求表現，但他不違正道，有為有守。〈刺史廳記〉云：

數年之間，蒼生蒙以私欲侵奪，兼之公家驅迫。

元結對投機取巧為謀求私利，甚而欺凌蒼生之人，甚表不滿。〈時規〉云：

> 叟誕曰：「願窮天下鳥獸蟲魚以充殺者之心，願窮天下醇酎美色以充欲者之心。」……使人民免賊虐殘酷者乎，……使人民免饑寒勞苦者乎。

元結屢次出任道州父母官，眼見權臣濫用威勢，壓榨百姓，實為可惡，導致社會人民困苦無依，不免為文檢討批評。〈哀丘表〉云：

> 次山之命哀丘也，哀生人將盡而亂骨不藏者乎，哀壯勇已死而名跡不顯者乎，……吾哀凡人不能絕貪爭毒亂之心，守正和仁讓之分。

元結客觀冷靜分析當時社會充斥貪婪、紛爭、浮靡、圖利等情事，肇因於社會唯利圖的風氣。〈呂相公表〉云：

> 某嘗見時人不能自守性分，俛仰於傾奪之中，低徊於名利之下，至有傷毀辱之患，滅身亡家之禍。

以元結狷急的性情，很難接受諂媚、浮薄、偏頗的社會風氣，因此他對澆薄、圖利的人心，做了許多尖銳的譏諷。〈崔潭州表〉云：

> 豈可令凶豎暴類貪夫姦黨以貨權家而至此官，如崔公有者，豈獨真刺史耳，鄭利之為，豈苟

> 媚其君而私於州里耶，蓋懼清廉正直之道，溺於時俗。

並將在朝中所見所聞，以激切口吻記載下來，大力批判諂邪的勢利小人，〈文編序〉云：

> 切恥時人諂以取進，姦亂以致身，徑欲填陷　於方正之路，推時人於禮讓之庭。

元結身處廟堂，卻心繫天下，他認為文學具有勸惡向善之功用，所以許多作品都和現實的社會問題息息相關，身處於唐代初興時期，民風卻日漸虛偽、澆薄，元結本諸嫉惡如仇的個性，直率敢言之勇氣，面對社會中不良不正的現象，必定直筆刻劃，痛下針砭。〈請省官狀〉云：

> 自經逆亂，州縣殘破，……荒草千里，是其疆畎，萬室空虛，是其井邑，亂骨相枕，是其百姓，孤老寡弱，是其遺人，哀而恤之，尚恐冤怨，肆其侵暴，實恐流亡。

除了亂事四起，民風漸衰，社會一片僥倖貪利、罔顧道德之風，加上外患頻擾，造成民不聊生之慘狀，有人竟滋不事生產，怠惰放縱之念。〈問進士〉第四：

> 今耕夫未盡，織婦猶在，何故往年耕織，計時量力，勞苦忘倦，求免寒餒，何故今日甘心寒餒，惰遊而已？

〈奏免科率狀〉云：

臣當州被西原賊屠陷，賊停留一月餘，日焚燒糧儲屋宅，俘掠百姓男女，驅殺牛馬老少，一州幾盡，賊散後，百姓歸復，十不存一，資產皆無，人心嗷嗷，未有安者。

唐時外患──兇暴的西戎，時常侵擾道州百姓，使得人心惶惶，終日不安，不但積儲物資被掠劫一空，生活無以為繼，甚至連生命都難以擔保是否能有明日，是故人心漸趨走向今朝有酒今朝醉的享樂心態。由於盜賊、外患屢屢侵擾，使百姓四處逃難，無心從事生產，即使致力耕種、織衣，不多久，亦會為亂賊搜括，苦心轉眼化為泡影，漸漸影響人民勤勞美德，演變為怠惰、嬉遊度日，形成了以豪取強奪、諂媚賄賂圖生存的亂象。〈舉處士張季秀狀〉云：

臣州僻在嶺隅，其實邊裔，土風貪於貨賄，舊俗多習史，……臣切以兵興已來，人皆趨競，苟利分寸，不愧其心。

〈問進士〉第二：

今商賈賤類，臺隸下品，數月之間，大者上污卿監，小者下辱州縣。

在人民飽受盜賊肆虐，外患屠掠之下，生資耗盡，即使運用往年豐收之餘，也不足以救急，加上人力喪亡殆滅，禍端接踵而來，社會秩序大亂，人人莫不自私自利，但求自保，所以元結常在作品中悲歎古道頹落，對掌權者大失所望，並力圖挽救汙濁、殘破的社會百姓，而向上位者發出警言諍語，冀求國家能施行良策以安民，使百姓過著安康的日子。〈問進士〉第三云：

> 忽遇凶年，穀猶耗盡，當今三河膏壤，淮泗沃野，皆荊棘，已老則耕，可知太倉空虛，雀鼠猶餓，至于百姓，朝暮不足，……今欲勸人耕種，則喪亡之後，人自貧苦，寒餒不救，豈有生資，……使國家用何策？得人安俗阜。

除了對澆薄人心良多感慨、社會民生經濟凋弊，人民須時時面對戰亂、盜賊的威脅，性命難保，猶須負擔苛徵重稅，〈奏免科率等狀〉云：

> 臣當州前年陷賊一百餘日，百姓被焚燒殺掠幾盡，……今年賊過桂州，又團練六七十日，丁壯在軍中，老弱餽糧餉，三年已來，人實疲苦，……庶免使司隨時加減，庶免百姓每歲不安。冒死力諫聖上，祈求減免稅率、百姓賦稅，以安民心。

元結亦針對浮靡風氣，民生窘況，依己體察，究根源，認為是政府施法不嚴，致盜賊四起，形成罔德、貪利、怠惰之風，另一原因是外患頻仍，隨時財產、生命均可能不保，以致造成不事生產的享樂風氣。故居上位者實應拿出辦法來整頓、改善。〈九疑圖記〉云：

> 但苦當世議者拘限常情，牽引古製，不能有所改刱也。

元結性格中原有求新求變、突破傳統之特色，故對百姓生活貧苦，卻不思努力工作、整日懶散遊玩的原因，歸究為上位者不求變通所造成，元結實事求是地指出弊端所在，並明示己見——認為應針對社會現狀，尋求符合需要的新法，藉以改善社會亂象。在〈再謝上表〉中，元結以其不凡的洞燭力，提出改善方法：

凡弱下愚之類，以貨賂權勢而為州縣長官，伏望陛下特加察問，舉其功過，必行賞罰，以安蒼生。

〈書〉中極力批判官吏，不懂造福人民，反而將人民當作搜刮的對象，唯賴天子聖明，獎善懲惡，才能徹底整頓，使海內人人安居樂業。

元結即使無官職在身，亦能以懷有正義感的社會觀察者之角度，去審視整個社會，了解施政優劣，希冀貢獻棉薄。元結在第一次罷守道州，沈潛自省時，體察到人人應以修養品性，自然形成善良風氣，然而當時人人追求名利、祿位，視德行、操守為棄履，因此偽君子充斥，醜態畢出。〈丐論〉云：

於今之世，有丐者，丐宗屬於人，丐嫁娶於人，丐名位於人，丐顏色於人，甚者則丐權家奴齒以售邪妄，丐權家婢顏以容媚惑。

〈處規〉云：

以子為飾言藏智，退身設機，……如此豈不多於盜權竊位，蒙汙萬物？

元結以直言論敘，看穿那種不具實力、無高尚品性的文人，認為他們是善於投機取巧、沽名釣譽。認為文學應具教化的功能，所以在其作品中，常涉及現實社會的問題。如〈時化〉云：

時之化也，道德為嗜慾化為險薄，仁義為貪暴化為凶暴，禮樂為耽淫化為侈靡，政教為煩急化為苛酷，……夫婦為溺惑所化，化為犬豕，父子為惛慾所化，化為禽獸，兄弟為猜忌所化，化為讎敵，宗戚為財利所化，化為行路，朋友為世利所化，化為市兒。

元結發覺社會風氣敗壞，使五倫關係亦產生變質，有父子為私慾而爭奪，導致互不往來，有兄弟因為彼此猜忌，而互相仇視，有親人之間因財物糾紛而形同陌路，有朋友之間因利益而永不相見。五倫關係一旦不穩固，則社會中日漸缺乏親情、友情、仁義、道德的精神約束力，人性亦日益墮落，行為、思想日趨不軌，社會秩序大亂，人心惴慄。亦由於社會風氣衰敗、人心浮動，使得心存投機者增多，真心為社會服務者日少，元結認為欲引導百姓走向富強、興盛的生活，端賴有德者能以德行啟發眾人之向善心；而此德行之培養，正為元結致力追求之標的，且社會風俗改善的機軸亦有賴於此。

〈化虎論〉云：

> 嗚呼，兵興歲久，戰爭日甚，生人怨痛，何時休息，……蓋欲待朝庭化小人為君子，化諂媚為公直，化姦逆為忠信，化競進為退讓，化刑法為典禮，……使天下之人，皆涵純樸。

君子賢士之言行舉止，實為社會百姓的楷模，加上朝廷的帶動，可將奉承諂媚、姦邪背逆、競利求名等浮靡之風，予以轉化，成為公平正直、忠誠信實、和謙退忍讓等良好風氣。

二、批判鬼神信仰

由於百姓常要面對重賦、戰亂的威脅，所以感到無法掌握自己的命運，在上位者又無法提出一套有力的方案改善社會民生，因此形成了一股迷信風氣，百姓只能希冀神靈保佑，〈左黃州表〉云：

> 於戲！天下兵興，今七年矣，河淮之北，千里荒草，自關已東，海濱之南，屯兵百萬，不勝征稅，……近年以來，以陰陽變怪，將鬼神之道，罔上惑下，得尊重於當時者，日見欺之。

對於百姓無力於改善現狀，轉而求助於神靈、巫女，元結認為迷信風氣不可長，若百姓沉溺於鬼神之信仰，不事生產，最後終會導致受控於神巫喪財毀身。〈左黃州表〉云：

> 黃人又歌曰：「吾鄉有鬼巫，惑人人不知。」……黃之巫女，亦以妖妄得蒙恩澤，朝廷不敢

問，州縣惟其意。

元結義正辭嚴的指出迷信理應破除，並論述上古王者，耽於鬼神巫女，導致國破家亡，以勉人務道修身。〈說楚何惑王賦〉云：

野有直士，觸而證曰：「大王溺於天魗，惑於魗竆，不顧宗廟，遂亡人民，如何下令？」……今之所好，則妖惡之物，所為又怪醜之事，義軒之耳，必不肯聽，堯禹之心，必不肯喜。

元結強調若沉迷於妖妄之說、虛幻之事，會使人忘卻本身應盡之責，並使人們誤信以諂媚、獻財方式祈福，即可事成名就，長此以往，將導致無人肯踏實做事，對於前人辛勤開創之功業，廢置不論，投機怠惰之作為無法遏止，國破、家亡之日即不遠矣。在〈左黃州表〉中，元結支持黃州刺史，誅戮巫女，以破民妄：

乾元己亥，贊善大夫左振出為黃州刺史，……黃之巫女，亦以妖妄得蒙恩澤……公忿而殺之，則彼可誅戮，豈獨巫女？如左公者，誰曰不可頌乎？

三、體恤弱勢族群

元結常以獨特的觀察角度，提出不凡的見解，表現在文章中，使人不得不為其敏銳的洞察力大為歎服，並秉持其仁慈寬厚、仗義執言的個性，將擔任官職期間，巡察隸下百姓時，所見所聞均記錄下來，此類文章之內涵，除了以官方角度關懷社會民生外，亦有換居黎庶地位，中其所需，訴其所願之作，常將無人關心、照顧的弱勢者之生活，一一道出，並探討社會弱勢者產生的原因。

元結任職道州刺史之際，外患不斷侵犯，內部則亂賊肆虐，他將巡視州治時，眼見歷經劫難孤老寡弱的慘狀，以充滿情感的筆端，據實記錄，並深切關懷體恤。〈請省官狀〉云：

> 自經逆亂，州縣殘破，唐鄧兩州，實為尤甚，荒草千里，是其疆畎，萬室空虛，是其井邑，亂骨相枕，是其百姓，孤老寡弱，是其遺人，哀而恤之，尚恐冤怨，肆其侵暴，實恐流亡。

〈謝上表〉云：

> 去年九月敕授道州刺史，屬西戎侵軼，……臣以五月二十二日到州上訖，耆老見臣，俯伏而泣，官吏見臣，以無菜色，城池井邑，但生荒草，登高極望，不見人煙。

如實刻劃歷經外患，道州殘破之景，活下來的人屈指可數，城廓、都邑之繁榮建設瞬間化為灰燼，居處、糧飲均毀，日常所需，無以為繼，道州已成不毛之地，生人無法存活，而留滯者實因無力逃往他處，及急待救助的社會弱勢族群。

於〈請給將士父母糧狀〉中，則深入刻劃社會中失去兒子奉養的年邁雙親，其晚景之淒涼，因戰爭迭興，愛兒不幸為國捐軀，導致父母頓失所依，亟待救援：

將士父母等皆因喪亂，不知所歸，在於軍中，為日亦久，……今軍中有父母者，皆共分衣食，先其父母，寒餒日甚，未嘗有辭。

除了因戰爭失去親人的失依老人外，亦有因戰爭失去親人的孤兒、弱子。〈請收養孤弱狀〉云：

小兒等無父母者，鄉國淪陷，親戚俱亡，誰家可歸，傭丐未得，有父兄者，其父兄自經艱難，久從征戍，多以忠義，遭逢誅賊，有遺孤弱子，不忍棄之，力相恤養。

元結為這批尚無謀生能力的孤兒弱子仗義執言，除了因其父兄長受到國家戰亂波及而喪失生命外，亦因其等曾是為國奉獻過心力，故在位者更需盡力設法加以安置、撫養。

四、剖析人倫關係

元結早年積極追求功名，雖然他依循正道，有為有守地去爭取，最後也得到了在仕途上發展的機會，但是在追求功名的路上，元結也曾失意過，而即因曾經歷過榮、辱的差別待遇，使他較能以超然的態度，對社會人心、行為做多方反省檢討。元結擅用簡短篇幅，提出深具哲理的精闢見解，如〈七泉銘〉中，有一系列探討五倫關係對社會的影響的作品：

> 不為人臣，老死山谷，臣於人者，不就污辱，我命　泉，勸人事君，……泫泫涔泉，流清源深，堪勸人子，奉親之心，時世相薄。

元結奉勸時下的官吏，應以忠誠之心事奉君王，竭力為國服務，若只是為了名利、祿位，則易招來毀謗、污辱，對社會百姓亦起貪婪、爭利的壞影響。他並批評為人子者，已喪失了有別於禽獸的孝養之心，揭露當時父子關係缺乏深厚的情感，人子者長成後，拋棄年邁雙親，而只求自尋獨立的現實，更直陳君若不君，則臣不必臣的道理。

元結本諸憂時傷世的熱切情感，敏銳洞鑒的觀察能力，對社會之風氣、信仰及弱勢族群、人倫危機，均作出了深切的關懷。

第三節　個人省思

元結在政治方面和社會方面均表現出獨立思考的一面，早年雖然和莘莘學子一般，投身於科學考試，熱衷於仕途，但對自己的人生、行事，均有一套不凡的想法，支持他能終其一生勇於追求理想。無論身處廟堂或隱身江湖，元結皆能堅持己志，並展現其豐沛的生命力。現就其個人省思仔細探討，期望能對元結的生命境界，有更完善的認識。

一、新變的處世觀

元次山在〈自釋〉中，詳述己身自幼及長的心路歷程：

河南，元氏望也。結，元子名。次山，結字也。世業載國史，世系在家牒，少居商餘山，著元子十篇，故以元子為稱。天下兵興，逃亂入猗玗洞，始稱猗玗子，後家瀼濱，乃自稱浪士，及有官，人以為浪者亦漫為官乎，呼為漫郎，既客樊上，漫遂顯，樊左右皆漁者，少長相戲，更曰聱叟，彼誚以聱者為其不相從聽，不相鉤加。……於戲！吾不從聽於時俗，不鉤加於當世，誰是聱者，吾欲從之。

由「浪士」、「漫郎」，至「聱叟」之稱，表露其處世自立之道，用「浪」、「漫」和「聱」字，正可見元結突破世俗，不受羈絆的性情。〈九疑圖記〉：

但若當世議者拘限常情，牽引古製，不能有所改剏也。

傳承古風，但以不「拘限」，且能有所「改剏」為佳。凡事能求新求變，不食古不化，為元結面對人生的處世哲學。元結求新求變的觀念，並具有突破成規的精神，在其年少時即可看出，〈文編序〉追憶其早年生活：

當時叟方年少，在顯名跡，切恥時人諂邪以取進，姦亂以致身，……怏恨於當世，是以所為之文，可戒可勸，可安可順。

雖早年力求仕進，拚擠科考窄門，但元結對不循正常管道，如以賄賂、諂媚的方式求取祿位之風氣，深表不滿，故勇於提出批判；勸人循正道以求取功名之觀念呈現於作品中，突破了當時文人歌功頌德、逢迎拍馬的文學取向。元結生於唐代初盛之際，對於社會生民尤為關注，並將一己處世哲學，應用於政事上，由他評論黃州刺史左振大夫一事，可探知其待人治事，絕不因襲苟且，力求突破現狀，不被傳統、權威所局限，〈左黃州表〉云：

吾鄉有鬼巫，惑人人不知，天子正尊信，左公能殺之。於戲，近年以來，以陰陽變怪，將鬼神之道，罔上惑下，得尊重於當時，日見欺人，黃之巫女，亦以妖妄得蒙恩澤。

黃州刺史左振在外理政務時，能不因天子、大臣之權威及鬼神信仰之傳統所拘牽，果敢解決了影響黃州至甚的巫女惑人、詐財事件。元結於〈左黃州表〉中，大加讚賞，其求真務實之精神，解百姓於倒懸，並開創黃州政局、民生另一番新局面。〈管仲論〉云：

自兵興已來，今三年，論者多云，得如管仲者一人，以輔人主，當見天下太平矣，……仲當少容與焉，至如相諸侯，材量亦似不足，致齊及霸，材量極矣。……如曰不然，請有所說，仲之相齊，及齊疆富，則合請其君恢復王室，節正諸侯。……使管仲能如此，則周之天子，未為奴矣，諸侯之國，則未亡矣。

元結將管仲的歷史評價，重新提出討論，將去對管仲有材量不足、器識不大之批評，和輔佐人主、使天下太平的能力，分別論述，歸結出因有當時有重才、禮賢的明君，社會則以禮義、節操為重，才能造就出管仲，使其充份施展政治謀略，使周天子未淪為奴隸，諸侯國未遭滅亡命運。此種說法或許不免偏頗，卻可見元結不墨守陳說。

二、追求理想人格

對於修養自我，元結屢次以賢人君子為榜樣，〈菊圃記〉云：

於戲！賢士君子，自植其身，不可不慎擇所處。

具有高尚節操的人，會自我修持，使德行操守提升，並會謹慎選擇所作所為，讓才能充分發揮，為眾人典範，亦是元結嚮往追求的目標。元結對於「達則兼善天下，窮則獨善其身」的想法，並不完全贊同，他主張身處亂世，反不該退隱，應更積極入世，施展經世濟民的才能，亦符合父親對其不可自安山林的期望。〈元魯縣墓表〉云：

嗚呼！元大夫生六十餘年而卒，未嘗識婦人而視錦繡，不頌之，何以戒荒淫侈靡之徒也哉？未嘗求足而言利，苟辭而便色，不頌之，何以戒貪猥佞媚之徒也哉？……吾以元大夫德行遺來世，清獨君子，方直之士也歟！

元結認為如元德秀一般的君子，其行為、言辭、操守，有卓越於世的不凡外，足以警戒亂世中荒淫、貪婪、虛偽媚上者，並暗以貞介之行自許，己立而立人。〈呂公表〉云：

使公年壽之不將也，天其未厭兵革，不愛蒼生歟，公明不盡人之私，惠不敢人之愛，威不致人之懼，令不求人之犯，正不刑人之僻，直不指人之恥，故名不異俗，跡不矯時，內含端明，外與常規，其大雅君子全於終始者耶！

元結欽佩呂公端正知義、淡泊名利，使隸下百姓衷心誠服。〈茅閣記〉云：

今天下之人正苦大熱，誰似茅閣？蔭而庥之。於戲！賢人君子為蒼生之庥蔭。

除了自我期許達到君子、賢人之境界，而為天下之表率外，元結更積極呼籲執權柄之人，能有超越世俗的眼光，擢用有才德者，從他頻頻舉薦具高尚節操之君子，可見其意。〈舉處士張季秀狀〉云：

臣州僻在嶺偶，其實邊裔，土風貪於貨賄，舊俗多習史事，獨季秀能介直自全，退守廉讓，文學為業，不求人知，寒餒切身，彌更守分，貴其所尚，頤老山林，……此實聖朝旌讓之道，亦為士庶識廉恥之方。

〈張處士表〉云：

於戲！吾嘗驗古人，將老死巖谷，遠跡時世者，不必其心皆好山林，若非介直方正，與時世不合，必識高行獨，與時世不合，……彼若遭逢不容，則身不足以為禍，將家族以隨之，至於傷污毀辱，何足說者，故使之矯然絕世，逃其不容，直為逸民，竟為退士，枕石飲水，終身而已。

元結自許能達賢士、君子之境界，並竭力自我要求，力圖做到仁愛禮讓、清廉耿介、忠誠正直和剛正不阿，不管出仕或歸隱，終身皆應如此。〈自箴〉云：

我作自箴，與時仁讓，人不汝上，處世清介，人不汝害，汝若全德，必忠必直，汝若全行，必方必正，終身如此，可謂君子。

元結心目中的理想人格，即是具有自重自持的高尚節操，出仕任官、退隱自持，皆能中道自適，主張不可貪婪苟取、汲汲營營，以人格品行的堅持，來作為行止進退的準則。

三、熱愛自然景物

在元結散文中，屢見博覽細觀之刻畫描摹。〈右溪記〉：

道州城西百餘步，有小溪，南流數十步合營溪，水抵兩岸，悉皆怪石，攲嵌盤屈，不可名狀，清流觸石，洄懸激注，休木異竹，垂陰相蔭。

〈九疑圖記〉：

往往見大谷長川，平田深淵，杉松百圍，榕栝並之，青莎白沙，洞穴丹崖，寒泉飛流，異竹雜華，回映之處，似藏人家。

二〈記〉中實際記錄了元結所見景色：有山谷河川、田園深淵、茂美樹林、崖岸洞穴、激流泉源和良竹爭立等，除敘述自然美景外貌外，也論敘其作用，元結對大自然的喜好和觀察能力，可見一斑。同時，由仔細賞玩中，得能獲一些領悟。〈窊樽銘〉云：

道州城東有左湖，湖東二十步有小石山，山顛有窊石，可以為樽，乃為亭樽上，刻銘為志。……片石何狀，如獸之踆，其背　窊，可以為樽，空而臨之，長岑深壑，廣亭之內，如見山岳，滿而臨之，……天地開鑿，日月拉拭，寒暑琢磨，風雨潤色，此器大樸，尤宜直純。

元結內心深處，曾有仕隱進退的掙扎，故其文章中，往往可見寄情於山水亭石等自然物，敘山水經過天地、日月的磨練，寒暑、風雨的洗滌，才能日漸散發暗含於內的光芒，以自我紓解、超脫。〈異泉銘〉云：

> 天寶十三年，春至夏甚早，秋至冬積雨，西塞西南有迴山，山顛是秋崩拆，有穴出泉，泉垂流三四百仞，浮江中可望。……何故作銘？銘于異泉，為其當不可閼，拆石出焉，何用作銘？銘于異泉，為其當不可下，窮高流焉，君子之德，顯與晦殊，為此銘者，忘道也歟！

元結的思想中，含有儒家積極入世的人生觀，使他常孜孜於求仕致用、留心國計民生，即使欣賞天然泉石之奇狀異景，亦每寓聯想感慨、領悟體會。〈右溪記〉云：

> 此溪若在山野，則宜逸民退士之所遊，處在人間，則可為都邑之勝境，靜者之林亭。而置州已來，無人賞愛，徘徊溪上，為之悵然，乃疏鑿蕪穢，俾為亭宇，植松與桂，兼之香草，以裨形勝，為溪在州右，遂命之曰右溪。

由自然景物殊美卻無人整理賞玩，推及賢士幹才不受朝野禮遇重用，認為仁人君子要自我修養，慎擇所處之境，期使自己終能盡情發揮。

第五章　元次山之散文藝術

在元結散文中，得見其文學主張、政治理念、社會關懷、個人省思等各個層面，而在藝術技巧方面，為求明道，往往藉題意、篇章、辭語的巧妙運用以展現文旨，由此得見元結文學造詣之高，且予後人啟迪之效。

現分立題命意、章法佈局、字句修辭等三節，試探元結散文的藝術技巧。

第一節　立題命意

元結散文，多抒發己意，常不受限於文體，其意旨傳達能更多樣地發揮，而不致淪為呆板的堆砌文字，也正因為如此，更可顯出元結散文的功力。

現就元結散文分析歸納，可得七種立題命意法，分別為：

一、依題舖陳法：此為元結散文中最常使用的寫作方法，乃按題目本意，加以記述、論說，可由章法變化及修辭技巧，使作品呈現不同的風格。

二、借題寓意法：在不明說的情形下，採取意在言外、引人深思的寓意方式，以突顯規戒、諷刺之旨。

三、多意夾題法：通篇文章中，藉由對主題的論述，然後加以引申、導出二種以上的探討角度或意旨內涵，供人多方探索。運用此法行文，常可增加文章的周延性，並產生令人信服的效果。

四、雙向論題法：對文章主體，運用兩種不同的方法或角度去寫。此法能增加文章的廣度，也可使意旨強化突顯，文氣不致鬆散。

五、側筆入題法：先寫一些和題目似不相涉的文字，再漸漸導入本題，如此可收巧妙、婉曲的效果。

六、即題言情法：此法乃因主題論敘時，夾帶衍生的情感或感慨，蘊蓄出情景交融之境。

七、反面迫題法：對一個描述主題，採反面立場、角度切入，然後申論己意，使文勢起伏、滂礴有力。

元結一百二十三篇作品中，以「依題鋪陳」和「藉題寓意」二法使用的頻率最高；其次是「多意夾題」、「雙向論題」；「側筆入題」、「即題言情」、「反面迫題」使用次數則較少。

一、依題鋪陳法

分析元結散文作品，多含誠摯情感，並有條不紊地依理鋪陳，產生打動人心的好作品。分析其鋪陳方式如下：

（一）直接鋪陳

1、〈九疑圖記〉—記敘元結任道州刺史時，至九疑山一遊時所見之景色，採廣角描摹，寫該山面積有二千多里，而高度足以使人立於遠處一眼即見，運用寫實方法將九疑山之巍峨鋪陳出來。

> 九疑山方二千餘里，四州各近一隅，世稱九峰相似，望而疑之，謂之九疑。……九峰殊極高大，遠望皆可見也，彼如嵩華之峻崎，衡岱之方廣。在九峰之下，磊磊然如布棋石者，可以百數。中峰之下，水無魚鼈，林無鳥獸，如蟬蠅之類，聽之亦無，往往見大谷長川，平田深淵，杉松百圍，榕栝並之，青莎白沙，洞穴丹崖，寒泉飛流，異竹雜華，回映之處，似藏人家。

其運用白描筆法，將眼見之山景，由遠至近依序描寫，從廣大山谷、帶狀河川，平原深淵、壯大松杉、青色植物、白色沙岩、紅色崖壁，清澈山泉水流，及至眼前的叢生奇竹，既寫顏色又寫形狀，使文章明晰生動。

2、〈水樂說〉——

> 元子於山中尤耽愛者，有水樂。水樂，是南磑之懸水，淙淙然聞之多久，於耳尤便。不至南磑，即懸庭前之水，取欹曲竇缺之石，高下承之，水聲少似，聽之亦便。

篇首先寫作者居處山林間的生活，其平日所接觸的自然景物中，最喜聆聽潺潺的流水聲，亦會自製水流聲以自娛。再直接描繪製作水樂的材料，並以實筆敘述水樂完成的經過：在庭院前堆起凹凸曲折的石塊，藉水流自高處瀉下，經過高低不一的石塊，發出淙淙的水聲，雖然不完全相同於南磑的流水聲，但此種自然的聲響，亦令人感受到和諧輕快。經此直接之敘述法，使人覺身臨其境，親聆水樂，並凸顯出水樂純正的討喜形象，使題旨自然流露。

3、〈自釋〉——首言：

> 河南，元氏望也，結，元子名也，次山，結字也。世業載國史，世系在家牒，少居商餘山，著元子十篇，故以元子為稱。

直接舖陳元結祖籍河南，元子之名為「結」，字「次山」，並簡潔陳述了家族背景，及「元子」之稱源自己著〈元子十篇〉之故。繼云：

天下兵興，逃亂入猗玗洞，始稱猗玗子，後家瀼濱，乃自稱浪士。及有官，人以為浪者亦漫為官乎，呼為漫郎。既客樊上，漫遂顯，樊左右皆漁者，少長相戲，更曰聱叟。……吾又安能慚漫浪於人間，取而醉人議，當以漫叟為稱，直荒浪其情性，誕漫其所為。

接著說明自己其他稱號之來源：特用「浪士」、「漫郎」、「聱叟」、「漫叟」等含有浪漫狂放、自由不羈的字眼，直筆吐露元結卓爾不群的本心。

4、〈東崖銘〉——

峿臺西面，陂陁高迴，在㾮亭為東崖，下可行坐八九人，其為形勝，與石門石屏，亦猶宮羽之相資也。

起首言東崖的位置在峿臺的西面，並且敘述東崖的外觀是高低起伏，迴旋高峻，東崖上有一「㾮亭」，亭下可容納八九人，可稱得上是個名勝佳境，足以和石門的石屏相提並論。全文運用精美的辭藻，依序而書，營造出景物美麗形象：從峿臺西面起筆，言其勢之高峻，敘至東邊㾮亭，其大小、形狀等，一一細緻描摹，鋪陳出東崖的勝境。

5、〈為董江夏自陳表〉——

敕使某官某乙至，賜臣制書，示臣云云，……王初見面，謂臣可任，遂授臣江夏郡太守，近日王以寇盜侵偪，總兵東下，旁牒郡縣，皆言巡撫。……今臣年六十，老母在堂，縱未能奉義捐生，則豈忍兩忘忠孝，臣少以文學為諸生所多，中年自頤，逸在山澤，聖明無事，甘為外臣，……今所授官，復越班秩，罷歸待罪，是臣之分。今陛下以王室艱難，寄臣方面，亦已忘身許國，誓於皇天。

先敘述當時軍政局勢的危機，藉以願對國家安危及人民福祉負起責任，同時也表白一己的忠心。續寫自己的年紀已屆六十，家中母親年邁須人照料，本著忠、孝的本心，出仕則盡心為國為民，致仕則縱情於山水並享天倫之樂，文末自陳誓效朝廷的忠心，只要朝廷有令，勢效犬馬之力。此篇敘述重點有二：盜寇入侵的危機與冀盡忠孝的本心，作者運用直接筆法，歷敘二端，使盜賊警況及人物忠孝正直的形象並躍紙上。

6、〈舉呂著作狀〉——篇首舖陳擔任秘書省著作郎的呂季重，出身清廉公正的仕宦家庭，個性純樸忠厚，學識博通聰敏，為人仁慈孝順，再說明呂季重在政事處理上，亦有實務經驗，是一個足以擔當大任的人才。

呂某立身無私，歷官清儉，身歿之後，家無餘財，長男幼小，未了家事。前件姪質性純厚，識理通敏，仁孝之性，不慚古人。自其疾甚，不視事向五六十日，軍府之事，皆季重諮問。

續云：

事無大小，處之無情，以臣所見，季重不獨為賢弟子，今時穀湧貴，道路多虞，漂流異鄉，無以自給，伏望天恩與季重便近卅一正員官，令其恤養孤幼。

最後以當時社會民生情勢漸壞，如此賢能人才卻流落異鄉，生活無以為繼，故特加舉薦，期待聖上能予任用作結。全文大部分均以客觀手法，直接舖陳人物的身家背景、個性、才能，採第三者立場將人物心情、形勢需求等層面，藉精煉的舖陳手法一一帶出，使文章入情入理。

（二）對比舖陳

如〈寒亭記〉——

今大暑登之，疑天時將寒，炎熱之地，而清涼可安，不合命之曰寒亭歟。

篇首說明作者到寒亭所在之江華縣，據當時大自然景觀、氣候情況一一描寫，並因天氣炎熱而建亭於此，依此舖陳出寒亭之命名由來，是立於亭下，即能暫避炎熱天候，感受到亭蔭的清涼。全文以客觀的角度，將亭內、亭外的寒、酷暑對比，凸顯寒亭特殊性的形象，使讀者印象深刻。

（三）譬喻鋪陳（註一）

如〈窊樽銘〉——

道州城東有左湖，湖東二十步有小石山，山巔有窊石，可以為樽，乃為亭樽上，刻銘為志，銘曰：「片石何狀，如獸之跧，其背　窊，可以為樽，……滿而臨之，曲浦回淵，長瓢之下，江湖在焉。」

記敘元結於道州城中，所見奇麗景色：先寫湖水之東有一石頭所堆砌的小山，山頂上有一窊石，此石形狀特異。續以譬喻手法形容奇石：其石外形如野獸的足部，足背高低起伏，似小型的山岳連綿，足下凹凸彎曲，似一長型的瓢勺。經此譬喻，不僅將山石具象顯現，且使靜態的景觀有了活躍的生

一　黃慶萱：《修辭學》，（台北三民書局，民國八十一年九月），頁二二七。「譬喻是一種借彼喻此的修辭法，凡二件或二件以上的事物中有類似之點，說話作文時運用那有類似點的事物來比方說明這件事物的，就叫譬喻。……通常是以易知說明難知，以具體說明抽象。使人在恍然大悟中驚佩作者設喻之巧妙，從而產生滿足與信服的快感。」在說話行文中，把含有類似點的二件或二件以上的事物，運用彼此間的類似點來互作比方說明，以容易明瞭的事物來說明不易明瞭的事物，使人恍然大悟者，稱為借彼喻此的譬喻修辭法。

命。

（四）設問鋪陳（註二）

1、〈自箴〉——

有時士教元子顯身之道曰：「于時不爭，無以顯榮，與世不佞，終身自病。君欲求權，須曲須圓，君欲求位，須奸須媚，不能為此，窮賤勿辭。」元子對曰：「不能此為，乃吾之心，反君此言，我作自箴，與時仁讓，人不汝上，處世清介，人不汝害，汝若全德，必忠必直，汝若全行，必方必正，終身如此，可謂君子。」

全文依題記敘元結欲自我警戒之理，藉一般士人的態度、作法，帶出彼時浮靡的社會風氣：讀書人想要出頭，必須時時爭取機會，知識分子想要顯耀，必須刻刻討好他人。凡想求得權力、祿位，就

二　同註一，頁三十五。「講話行文，忽然變平敘的語氣為詢問的語氣，叫作設問。……所謂設問是一種屬於刺激性質的語言，它可能由於心中確有疑問，……也可能心中早有定見，足為促使對方自省……。……內心已有定見的設問，方式有二：其一，為激發本意而發問，叫做激問。激問的答案必定在問題的反面。……其二，為提起下文而發問，叫作提問。所以提問之後，一定附有答案。」在講話行文中，將平舖直敘的語氣轉變為詢問的語氣，叫作設問修辭法，此法對文章而言，含刺激性質之作用。產生的原因有：一、因心中確有問而提出質疑。二、心存定見，為促使對方自省而提出質疑。而內心已有定見的設問法，其方式有二：第一為激問，為了激出本意而提出疑問，而其答案必是問題的反面。第二為提問，為了要引出下文而提出疑問，而其答案必附於問題之後。

要能在應對進退和待人處世上，採委曲、圓滑、奸邪、媚顏等態度才能有所成，文末則說明己身處在如此的社會、政治環境中，必須：待人仁慈謙讓，處世清廉耿介，德行修養則一本忠孝耿介，如此才稱得上君子，才不致隨世浮沉。全文採取問答方式，以兩人對某件事進行對話，實則把應對進退之理融入設問中，除了巧妙烘托出題旨外，還賦予作品更深遠的思考空間。

2、〈與李相公書〉—敘述元結被朝廷任命為右金吾兵曹參軍攝監察御史，深感惶恐難當，自認生性愚魯、軟弱，不敢妄求干祿，恐招敗辱：

新授右金吾兵曹參軍攝監察御史元結頓首，相公執事，某性愚弱，本不敢干時求進。十餘年間，在山野，過為知己，猥見稱譽，辱在鄉選，名污上第，退而知恥，更自委順，亦數年矣。中逢喪亂，奔走江海，當死復生，見有今日，林壑不保，敢思祿位？……今則過次授官，又令將命，謀人軍者，誰曰易乎？相公見某，但禮文拜揖之外，無所問焉，忽然狂妄男子，不稱任使，坐招敗辱，相公如何？

全文採取客觀筆法，記載個人生平、經歷及思想等方面，不下論斷，但對欲呈現之意旨屢用反詰方式自然流露，使讀者一看便能意會。此種舖陳方式，意在言外，不必多費冗辭，卻使意旨益顯。

3、〈夏侯岳州表〉—篇首先敘述因岳州刺史夏侯公之門人弟子，為表彰其在世時的高風亮節，特請元結作此表，續而鋪陳夏侯公平日待人接物的態度，是清明、公正、寬厚、仁恕的，所以在其轄下，人民生活和睦，如此政績表現，實因百姓受到了夏侯公的感化。

岳州刺史夏侯公歿於私家，門人弟子憂思不忘，願旌遺德，將顯來世，會予詔許優閑，家于樊上，故為公作表。……其時天下兵興已六七年矣，人疲州小，比太平時力役百倍，公能清正寬恕，靜以理之，故其人安和而服說。

又云：

吾是知道勝於內者，物莫態撓，德充於外者，事不能誘，公之所至，其獨有乎？於戲！公既壽而貴，保家全歸，於今之世，誰不榮羨？

全文多以人物政績著墨，並運用反詰法，使褒美之意自然呈現。

4、〈再讓容州表〉——

國家近年切惡薄俗，文官憂免，許終喪制，臣素非戰士，曾忝臺省，墨縗戎旅，實傷禮法，且容府陷沒十二三年，管內諸州，多在賊境，臣前行營，日月甚淺，宣布聖澤，遠人未知，有何政能？

又云：

> 臣舊患風疾，近轉增劇，荒忽迷忘，不自知覺，餘生殘喘，朝夕殞滅，豈堪金革，能伏叛人？

先舖陳混亂政局以點出不願再出仕的主題，然後再將敘述句轉成詰問語，形成高聳的文勢，以回扣寓意。

（五）排比鋪陳（註三）

1、〈縣令箴〉—官員在執行法令時，優柔寡斷，將會擾民，假使主觀固執，只求合於理法，絲毫不顧人情，則易變成人民懼怕的苛政酷吏。云：

> 煩則人怨，猛則人懼，勿以賞罰，因其喜怒。太寬則慢，豈能行令？太簡則疏，難與為政，既明且斷，直焉無情，清而且惠，果然必行。

元次山認為執政者應斟酌刑罰之輕重，不可因個人情緒而任意寬貸或嚴斷，若能依循清廉耿介之道且兼施恩惠，即是為官者施政的正確態度。全文多用整齊的排比文句，使欲論之理連續推出，文章氣勢浩壯，產生懾服人心的效果。

三　同註二，頁四六九。「用結構相似的句法，接二連三地表出同範圍、同性質的意象，叫做『排比』」。

2、〈五如石銘〉—記敘在涍泉的東邊，有一形狀特殊的石頭，此石的前面、後面、左邊、右邊和石頂，五處的形狀都很相似，所以命名為五如石。石頭有洞，石洞會湧出泉水，泉水的美妙，勝過七泉，故命名為七勝泉。元結運用匀稱的排比句型，仔細描摹五如石之美：

石有雙目，一目命為洞井，井與泉通，一目命為洞樽，樽可貯酒。石尾有穴，且如礲者，又如瀧者，泉可渟澄，匝石而流，入于礲中，出而為瀧。

排比句式將石之美接連地鋪展出來，達到立體、強調的效果，使文章的感染力也因此加強。

元結雖重視文章的實用功能，且不滿六朝駢文的遺弊，但不否定文學須兼具深刻的內容及美妙的形式技巧，凡此類依題鋪陳的作品，往往按照題旨，採取真率的語言，運用直陳、對比、譬喻、設問或排比手法，來突顯意旨，使意象深遠，風格多變。

二、藉題寓意法

這類作品在寄託意旨的方法上，可分下列兩類：一是把具體事物或完整故事情節，運用比擬的手法，將道理寄託其間。二是運用起興的手法，呈現欲論說之理。藉題寓意除了能啟人深思外，並呈現鮮明的具象。

（一）比擬法

藉敘述、議論某件事物，或生動完整的故事情節，以比擬手法寄寓道理，深化立意，使作品有了含蓄、曲折的美感。而妥貼的比擬手法，使文章鮮活有趣。

1、藉事物寓旨—

（1）〈元謨〉—篇首先藉他人之口，論敘聖人及聖君之行事作為：古代聖君教化百姓，是用真誠純樸的作為使之自動歸化，形成淳化的民風。聖君設立的法律規矩，是簡潔精要，依照人民的生活演變而制定的，如此的法規，百姓自會遵奉，形成和樂守法的社會。

> 上古之君，用真而恥聖，故大道清粹，滋於至德，至德蘊淪，而人自純，……其次用明而恥殺，故沿化興法，因教置令，法令簡要，而人順教。

又云：

> 其君歎曰：「嗚呼！真聖之風，歿無象耶！明順之道，誰為嗣耶？嚴正之源，開己竭耶！殺淫之流，日深大耶！吾其頌昌人之道，為戒心之寶。

闡釋古代聖王、明君的治國理念，並稱頌此乃興邦安民的法寶。暗寓元結能善納建言，自我警惕努力社會導向正途。以古擬今，寓含諷諫，此間接手法，既能避禍，又能清晰傳達意旨。

（2）〈異泉銘〉—篇首先言異泉之名由來：

西塞西南有迴山，山巔是秋崩折，有穴出泉，泉垂流三四百仞，浮江中可望。於戲！陰陽旱雨，時異，以致柔破至堅，事異，以至下處至高，故命斯泉曰異泉。銘于泉上，其意豈旌異而已乎？

泉水由迴山崩陷的洞穴中湧出，上沖達數百尺高，頗為罕見，故名「異泉」。又云：

銘曰：「……銘于異泉，為其當不可下，窮高流焉，君子之德，顯與晦殊。」

元結藉大自然的反常現象，比擬有才德者不隨世浮沉，當有定見，說明君子人異於一般人的可貴性，全篇以物性擬人性，既增文趣，又添文效。

（3）〈瀼溪銘〉—以瀼溪之名比擬，說明君子之道：

於戲！古人喜尚君子，不見君子，見如似者亦稱頌之，瀼溪，可謂讓矣，讓，君子之道。

元子居於瀼溪水邊，見瀼溪地形，長有二十里，聚溪水成百里寬，則稱瀼湖，而瀼湖和瀼溪之來源，皆由溢水分流而來，命名瀼溪，隱含謙讓之意，而此則為君子之德，足任民極。

（4）〈寒泉銘〉—首云：

湘江西峰直平陽江口，有寒泉出於石穴，……其水木本無名稱也，為其當暑大寒，故命曰寒泉。

先描寫寒泉之地理位置在湘江西面，而之命名由來，是因寒泉水質必涼，即使是在酷熱的盛夏，也不改其質。元結因寒泉不受季節、氣候的影響，仍保有冰寒的特色，藉以比擬世風衰敗、政局不穩，百姓期冀能有具才德之人，引領政局，帶來清新的風氣，如同寒泉一般，不受酷熱盛夏的影響，堅守清廉、耿介的風格。

於戲寒泉，瀛瀛江渚，堪救渴暍，人之不知，時當大暑，江流若湯，寒泉一掬，能清心腸，誰謂仁惠，不在茲水。

以具體寒泉之特性，比擬才德君子人的抽象德操，兩相映襯，使文章氣勢起伏，意旨益顯。

（5）〈菊圃記〉—先言菊之優點：

誰不知菊也芳華可賞，在藥品是良藥，為蔬菜是佳蔬。

暗喻人才之好處，反論當世對有才者之不重視，如菊花的遭遇一般，縱有諸多優點，卻無人賞識，一再遭受輕視、廢棄的命運。

於戲！賢士君子，自植其身，不可不慎擇所處。一旦遭人不愛重，如此菊也，悲傷奈何。於是更為之圃，重畦植之。

元結藉重整園地，種植菊花，來彰顯任用有才者的必要。取菊之遭遇，比擬當前有才者之命運，既使題旨突顯，亦擴大了思考範疇。

2、藉故事寓旨——

（1）〈寱論〉——

元子天寶中曾預讌於諫大夫之座，酒盡而無以續之。大夫歎曰：「諫議散冗者，貧無以繼酒。……侯家得寱婢，寐則寱言，言則侯輒鞭之，如是一歲，婢寱如故，侯無如婢何。……大夫誠能學奴效婢，假寱言以譏諫人主，俾悔過追誤，與天下如新。

〈寱論〉藉言有一婢會說夢話以戒郜侯，輒鞭如故，郜侯也莫可奈何。比擬諫官者直諫人主，恐不能收勸諫之效，反而易惹來殺身之禍，若是運用婉轉的方式，較易使人主接受。同時元結就所敘之故事，暗諷當時諫官不敢言事，比不上遭鞭擊一載，囈語如故的婢女。

（2）〈與韋洪州書〉——書中敘泗水上鄰家與其友人之故事：

昔泗上有鄰家，有朋友，遊者　之，遊東家，則曰公之友賢，能益主人，西家之友愚，能損主人，遊西家，則曰公之友智，能譽主人，東家之友狡，能毀主人。……鄰家之翁怒，將相絕，里有正信之士為辯之，然後鄰家通歡，鄰友相善。……誰為正信之士，一為辯之。

泗上鄰家之友人，時於東家誹謗西家，時在西家毀傷東家，造成鄰人彼此怒目相絕，正似惑亂汙媢、挑撥離間、惹是生非的小人。文章因此筆法，而饒富趣味性及說服力。

（二）起興法

元結散文中常於敘述或議論中，或憑情節生動的故事興發一己之感受、理思，使文章富深度、增廣度。

1、借事物興旨——

（1）〈喻友〉——

天寶丁亥中，詔徵天下士人有一藝者，皆得詣京師就選，相國晉公林甫以草野之士猥多，恐洩漏當時之機，議於朝廷曰：「舉人多卑賤愚瞶，不識禮度，恐有俚言，汙濁聖聽，於是奏待制者悉令尚書長官考試。……已而布衣之士，無有第者，遂表賀人主，以為野無遺賢。……人生不方正忠信以顯榮，則介潔靜和以終老，鄉人於是與元子偕歸。於戲！貴不專權，罔惑上下，賤能守分，不苟求取，始為君子。

元結藉自身受權勢打壓之事件，興發對整個國家、政局的失望、憤慨，運用單一事件之議論，使文章寄託更深廣的諷意。

（2）〈丐論〉—首言：

元子遊長安，與丐者為友，或曰：「君友丐者，不太下乎？」對曰：「古人鄉無君子，則與雲山為友，里無君子，則與松竹為友，坐無君子，則與琴酒為友，出遊於國，見君子則友之，丐者今之君子。」

全文藉元結和友人議論交友觀念，引發對於大環境的反省，對大眾只重外貌，不顧實才真情，興發感嘆，增強文章的文學張力。

（3）〈茅閣記〉—篇首描寫茅閣建造之原因：

平昌孟公鎮湖南，……時與賓客嘗欲因亭引望，以紓遠懷，偶愛古木數株，重覆城上，遂作茅閣，蔭其清陰。

因元結友人孟公喜好居高引望遠，又喜近大自然，故建茅閣以賞景。

今天下之人正苦大熱，誰似茅閣？蔭而庥之，於戲！賢人君子為蒼生之庥蔭。

全文運用賞覽景色之清涼感受，興起民胞物與的感嘆，及反思當前百姓之所需，有憂以天下、樂以天下的思考面，文章內涵因此更加深廣。

（4）〈劉侍御月夜讌會序〉——先敘元結和友人同好，相約歡聚之景況：

兵興以來十一年矣！獲與同志歡醉達旦，詠歌取適無一二焉。乙巳歲，彭城劉靈源在衡陽，逢故人或有在者，曰：「昔相會，第歡遠遊……，詠歌夜久，賦詩言懷。」

又云：

於戲！文意道喪蓋久矣，時之作者，煩雜過多，歌兒舞女，且相喜愛，系之風雅，誰道是邪？諸公嘗欲變時俗之淫靡，為後生之規範。

再論及當時文壇狀況，文學事業鼎盛，作品內容題材頗廣，但亦有了繁亂、混雜的弊病，這些追逐一時流行的作品，受到一般時下創造者的喜愛和追隨，此種情況卻使元結擔憂傳統、載道之作，會因此消失，並寄寓元結欲與志同道合者，一起扭轉現階段的浮靡文風，指引後進走向典雅、明道的創作之路。藉以文會友之場景，興起對文壇充斥浮靡風氣之憂慮，使文章有了其他角度的思考空間。

（5）〈張處士表〉─敘述元結認為自古以來，耿介、正直、方正節操之君子，多與俗世不合，其人見識高遠、行為特異，常因此遭到世人唾棄、隔絕，不被見容，所以多成為退隱世俗且高潔超逸的人，終其一生不仕。

吾嘗驗古人，將老死巖谷，遠跡時世者，不必其心皆好山林，……彼萿遭逢不容，則身不足以為禍，將家族以隨之，至於傷污毀，何足說者，故使之矯然絕世，逃其不容，直為逸民，竟為退士，枕石飲水，終身而已。

由替當時社會中一如張處士的才者能人，根本無法施展空間，大抱不平，興起對朝廷用人制度的檢討。

2、借故事興旨─

（1）〈說楚何荒王賦〉─從梁寵王和其臣子之間，對於楚國遺事之討論起筆：

臣何荒王乃浮浮宮于都龍之漩泠，出洞庭之南漢，將觀蠻師夷父，與漁者試罛釣於沅湘會濔，臣何荒王始見積魚之山，而喜色未起，又見罛猶畜委，釣未施已，瀿洄淵洑，周裒千里，……投跳委壘，可以薦車，臣何荒王輦於車上，而心始喜。

大力舖陳楚何荒王平日從事的娛樂，極力描寫其居處宮殿之奇特壯麗，繼而言楚何荒王的淫靡生活，為其國民所造成的惡劣影響，終導致滅國：

家見湍上之悲，戶聞臨淵之哭，時野有嘆曰：「嗚呼！……今君上喜愛浮宮罛釣，今臣下喜愛浮司浮鄉，吾恐君臣各迷，而家國失亡，此實楚正士歎臣何荒王，臣願君王驚懼為心。

全文情節假藉耆汰昏君以規戒上位者當節省、恤民的道理。作品因人物一問一答的描寫，如若有其人、事，並在對話中加入故事之源由、背景及人物的動作、表情，使內容具趣味化，也使欲述之理能迅入人心。

（2）〈說楚何惑王賦〉—先言楚何惑王受天魏的歌聲、舞姿所誘惑，沉迷其中不能自拔，無心於政事。

非雯女撫鼓而天魏不舞，非雯女引和而天魏不歌，天魏舞，一容化，一分眄，一祥襜，一宛袂，臣何惑王見之，舒舒曳曳。……天魏不歌舞，臣何惑王心若己喪，而頹壞不主。……令行逾月，楚俗皆化，女忘蠶織，男忘耕稼。

元結借論楚何惑王對妖惡女魔的沉溺、迷戀，致使政務荒廢，規戒當時有權者，莫忘了風行草偃之理；上位者終日嬉遊，不思振作，百姓自然沉淪散漫，不願生產，時日一長，則會導致社會亂象叢生，使國家衰亡。

全文以虛構的人物、場景，逼真的對話，來表現出生動的情節，增加臨場感及詼諧性，巧妙興發至欲傳達的文旨。

元結時常在文章中運用比擬、起興之法來拓展文意，使文章不局限於本題，有了更寬廣的內涵，獲致更成功的文學實效。

三、多意夾題法

（一）〈浪翁觀化〉

——元次山以論宇宙天地之變化為主軸，分別由陰陽、人、我三個角度，去觀察世事、萬物、天地之有無，產生了有無更化的看法。

> 陰陽之氣，化為四時，四時之行，化為萬物，萬物形全，是無化有，萬物盡，是有化無。吾觀化於無也，何無不有，吾觀化於有也，何有不無，有無更化，日以相化。

此種寫作方法，涵蓋面廣，深究性足，且不落前人窠臼。

（二）〈時化〉——分別人性優劣、五倫關係、政局情況、自然變化、社會風俗等五方面，來說明隨著時代轉換，人性、五倫、政局、自然、社會均會有所改變，而這些變化，亦會導致整個時代風氣的更變。

曰：「時焉何化？我未之記。」元子曰：「於戲！時之化也，道德為嗜慾化為險薄，……時之化也，夫婦為溺惑所化，化為犬豕，……時之化也，大臣為威權所恣，忠信化為姦謀，……時之化也，山澤化為井陌，……時之化也，情性為風俗所化。

將人性之高下優劣，五倫之情感分合，政壇風氣之好壞更替，自然山川水澤的消長，與社會風俗的廉貪走向等五線為一，扣繫本題。

（三）〈自述三篇〉——元結以「述時」、「述命」、「述居」三意，夾題為文。認為經過前朝隋氏暴虐之政，我朝聖皇，使社會步上軌道，於此興盛世代，人才濟濟，認為自己是一愚者，仰慕並學習忠孝、仁信之高尚品德。

四十餘年，天下太平，禮樂化於戎夷。慈惠及於草木，雖奴隸齒類，亦能誦周公孔父之書，說陶唐虞夏之道。……乃以因慕古人，清和蘊純、周周仲仲。

元結認為天地萬物位自然之道運行，有盛有衰，故欲求知命運之安排，不如平心靜氣，接受生命種種喜悅、挫折，甚而能放下人性情感上的執著，使己心淡泊，對命運中的遭遇之功過、成敗，均不予強求。

先生曰：「子欲知命，不如平心，平心不如忘情。」唂曰：「幸先生教之。」先生曰：「夫平心能正是非，忘情能滅有無。」……人之命也，亦由是矣！若夭若壽，若貴若賤，烏可強哉？不可強也。

繼而元結論己居處之道，即是不汲取富貴，放下世俗一切，接近大自然，自我修習、靜養，自耕自給，與家人同聚，和友人於琴酒間同歡，不為外物而煩憂，生活自得其樂。

夫人生於世，如行長道，……奔走不停，夫然何適？予當乘時和，望年豐，耕藝山田，兼備藥石，與兄弟承歡膝下，與朋友和樂於琴酒，寥然順命，不為物累。

文章主旨解析自己，導出三種角度，分別以時勢之觀點、命運之思考及居處之道理，來一一討論，表面看似多重意旨，但實以真誠、善良的本我為中心，使三線均回扣，這種手法，使文章波瀾頻起、曲折變化。

（四）〈訂古五篇〉——分別由君臣、父子、兄弟、夫婦、朋友等方面，來敘述古代至近世，五倫關係的優、劣變化，並思考近世社會風氣之頹蔽、混亂，應檢討五倫關係，並導向正軌，才是治本之法。首言君臣關係：

吾觀君臣之間，且有猜忌而聞疑懼，其由禪讓革代之道誤也。

認為禪讓制度出現，使後世藉此之名，實行篡位之實。繼言父子親情常因小人讒言而失和反目，導致父子相殘之悲劇。

吾觀父子之際，且有悲感而聞痛恨，其由聽讒受亂之意惑也。

續言夫婦關係，有因沉迷美色，或因猜忌嫉妒，造成身毀家亡。

吾觀夫婦之道，且有寬恕而聞嫌妒，其由耽淫惑亂之情多也。

接云朋友之間，因為貪求私利，而發生為利相害之事。

吾觀朋友之義，且有邪詐而聞忌患，其由趨勢近利之心甚也。

合君臣、父子、兄弟、夫婦、朋友等五線為一，扣住本題，探求社會衰蔽之因。全文為了突顯社會亂象之可怕，用五個角度來討論，使險惡、混亂的社會風氣，每經一個角度之鋪墊，使文章加深一層微情妙旨寄託於言外。

（五）〈問進士〉——元結以軍事、政務和經濟三端，夾題為文，分別提出問題，請進士思考回答。元結認為現時征戰爭不止，長達十二年了，欲使百姓生活安定，須先解除戰事，而興兵之蔽，有何法可除。

天下興兵，今十二年矣！殺傷勞辱，……天下之兵須解，蒼生須致仁壽，其策安出，子昌其言。

繼言政務方面，官員收取商人的賄賂，士子可向朝廷建議何法，才能使貪婪之病除，使官、民能知恥。

今商賈賤類，臺隸下品，數月之間，大者上污卿監，下者下辱州縣，……作何法，得僥倖路絕，施何令，使人自知恥。

續言經濟方面，當時情況，物價下跌，物資條件慘劣，造成人民勞動意願降低，因為費力加倍勞苦耕作，卻換得更少的金錢，人心甘於忍受寒凍飢餓，無力、無心種作，此情形如何解決？

今耕夫未盡，織婦猶在，何故往年耕織，計時量力，勞苦忘倦，求免寒餒，何故今日甘心寒餒，情遊而已。

本文先問敘軍事戰況之利弊，末則問民生經濟凋敝，合三問為一，真正文旨自然浮現，可給讀者思考、檢討的餘地。

元結運用多重再度環夾一主旨的手法，使文章產生迂迴而入、波瀾起伏的效果。讀者亦由層層筆鋒帶領中，而有了豐富的思考空間。

四、雙向論題法

(一)〈時規〉——以元結對社會風氣的省思、中行公對社會狀況的評論，兩者夾題為文。元結與中行公相約飲酒，暢談自己為國為民的理念，元結首揭己意，因見現時社會風氣趨向浮靡，論及原因，認為是社會充斥著殺戮、貪欲之心，欲導向正軌，元結期望能以天下所有的鳥獸蟲魚，滿足社會中殺戮之心，以天下所有醇酒、美色，以滿足大家貪欲享樂之心。

> 願窮天下鳥獸蟲魚以充殺者之心，願窮天下醇酎美色以充欲者之心。

繼言中行公之看法，他認為社會風氣浮靡，是因社會中充斥著爭權奪利、自私自專之心，欲導回正軌，中行公期望能將九州廣大的土地，分封給為了爭利、奪權的君臣、父子，使天下百姓能免於受到搜括、暴虐的侵犯，能以天下所有的布匹、錢財、珍寶，滿置於王公大臣的府庫，使人民能免於受到壓迫、饑寒的痛苦。

願得如九州之地者億萬，分封君臣父子兄弟之爭國者，使人民免賊虐殘酷者乎，……願得布帛錢貨珍寶之物，溢於王者府藏，滿將相權勢之家，使人民免饑寒勞苦者乎！

全文採元結和中行公兩個不同的反諷立場，以反映當時的積弊。

（二）〈辯惑〉——元結以法令之制定、賞罰之執行兩角度，夾題為文。認為國家法令之制定，自古代先王始，即以促成社會安定為一目的，今時法令之制定卻變成官員貪求財物之利器，國家法令反而成為社會混亂之禍源。

嗚呼！先王作法令，蓋欲禁貪邪，……豈有冠冕軒車，佩符持節，取先王典禮以為盜具，將法令而為盜資乎？

繼言賞罰之執行，自古代先王始，即以求人改過自新為一目的，而今時賞罰執行，往往不能分明，導致百姓人心無所適從，上位者時賞善，而不罰惡，或罰惡，而忘賞善，使混亂社會制度，人人求能苟且避過，不思反省改過。

賞善而不罰惡則亂，罰惡而不賞善亦亂，賞罰不行與過差必止。

全文運用律法、賞罰兩方面，以解國亂民惘之惑。

凡此類運用對比、映襯或關連二端，以論述主旨的筆法，文意突顯強化，並增加文章說服力。

五、側筆入題法

（一）〈送王及之容州序〉

——先自敘平日生活均以耕種、釣魚，自給自足，但九江之居民見元結生活清儉，恐其衣食不足須仰賴他人，故對元結避而遠之。

漫叟浪家于瀼溪之濱，以耕釣自全而已，九江之人，未相喜愛，其意似懼叟衣食之不足耳。……人生若不能師表朝廷，即當老死山谷，彼驅驅於財貨之末，局局於權勢之門，縱得鍾鼎，亦胡顏受納，行矣自愛。

討論王及之不甘平淡，汲汲於仕途，文字表面看似鼓勵，實則層層遞進，轉入勸其慎擇出處的本旨，並強調權勢易腐蝕人心、喪失自我。

（二）〈別崔曼序〉——

漫叟年將五十，與時世不合，垂三十年，愛惡之聲，紛紛人間。……吾子有才業，且明辯，又方年少，必能樹勳庸，垂名聲，若求先達賢異能相拔拭，正在張公，……今海內兵革未息，張公必為時用，吾子勉之，所相規者，所宜緩步富貴，從容謀畫。

文章起筆先言自己淡泊名利的觀念，並對懷才不遇之情狀抱持著超然、達觀的態度，接著筆鋒轉向強力舖陳友人崔曼兼具才德，但名利速來恐非好事，使緩步富貴，從容謀畫的題旨逼現，這種「旁起」手法，讓作品呈現出異峰突起的文勢，並避免了尖銳批判的味道。

元結善用似不相干的文字內容，帶出真正的文旨，使本意婉轉表達，造成悠然不盡的旨趣，突顯元結善於轉折的筆鋒和迂迴的構思。

六、即題言情法

（一）〈元魯縣墓表〉——

天寶十三年，元子從兄前魯縣大夫德秀卒，元子哭之哀。……元大夫生六十餘年而卒，未嘗識婦人而視錦繡，……未嘗求足而言利，苟辭而便色，……未嘗主十畝之地，十尺之舍，十歲之童，……未嘗皂布帛而衣，具五味而食。於戲！吾以元大夫德行遺來世，清獨君子，方直之士也歟。

全文對族兄元德秀之德行、操守，細加著墨，且以飽沾情感之筆，娓娓道出。

（二）〈別韓方源序〉——

昔元次山與韓方源別于商餘，約不終歲，復相見於此山，忽八年，於今始獲相見，悲歡之至，言可極耶！

又云：

今方源欲安家肥陽，次山方理兵九江，相醉相辭，不必如昔年之約，此情豈易然者耶！

全文著筆於與友人別離之情，並以昔日同聚之所言，凸顯情感之深沉，文中題材的選擇、時間之安排，繁簡有序，並扣緊主題加以發揮，使作品具動人的感染力。

（三）〈辭監察御史表〉——

陛下過聽，疑臣有才謀可用，謂臣以忠正可嘉，枉以公詔，徵臣延問當時之事，言未可取，榮寵已殊，事未可行，授任過次。

又云：

臣才弱識下，非智無謀，循涯顧分，實自知恥，臣老母多病，又無弟兄，漂流殊鄉，孤弱相養，伏願陛下矜臣愚鈍，不合齒於朝列，念臣老母，令臣得以奉養，則聖朝無辱官之士，山澤有純孝之臣，不任悃款之至。

全文因元結對辭去監察御史一職之事，敘述原因時，往往取材家庭背景之情狀來加以著墨，仔細交待家族人丁稀少及客居異鄉之孤零，再於不時表達一己忠、孝欲兩全之難為窘境，以凸顯辭官之不得不然。凡此類扣緊主題，且含帶深切的情感或感慨之作品，往往能凸顯作者獨到見解和動人的情致。

七、反面迫題法

（一）〈處規〉——首敘州舒吾和元結的對談，州舒吾對於當下士人，多有以談天地自然之道，顯己言論超凡脫俗，以保守樸拙之態度，使自己之行事若有智慧，以隱居不仕之作為，表現清高耿介之德行，如此種種的惺惺作態，只為攫取更崇高的聲譽。

吾厭世人飾言以由道，藏智以全璞，退身以顯行，設機以樹名，吾子由之，使我何信？

又云：

使吾得所處，但如山林不見吾是非，吾將媄往也，以子為飾言藏智，退身設機，何不曰：「如此豈不多於盜權竊位，蒙汙萬物，富貴始及，而刑禍促之者乎？」

凸顯元結認為立身處世本應順其自然，不應用潔身自廉、以退為進當作干求祿位之手段。他從反面角度切入，然後據此申論一己歸隱思想，使文章氣勢富轉折變化。

（二）〈漫論〉——首云：

人以漫指公，是他家惡公之亂，何得翻不惡漫而稱漫為？漫何檢括，漫何操持，漫何是非，漫不足準，漫不足規，漫無所用，漫無所施，漫也何效，漫焉何師。

於戲！九流百氏，有定限耶！吾自分張，獨為漫家，規檢之徒，則奈我何。

全篇自反面行文，再逼至本旨，彰明元結自白其性格浪漫不羈之行事作風，自有應世接物、分寸，且能廣泛學習，而非不分是非、毫無準則、散漫閑蕩，無所事事之徒。

元結文章擅用反面切入手法，再反轉申論己意，使主題凸顯，文章具衝擊力，內涵更顯深刻、豐富。

在立題命意上，元結善以直接、對比、設問等舖陳手法，運用比擬、起興的寓意方式，採取正論反說，雙向、多重角度等逼陳主題的手法，在在顯見其散文藝術的造詣。

第二節　章法佈局

元結散文在章法佈局上，可分為：一、通篇為議；二、通篇為敘；三、夾議夾敘三大類。

一、通篇為議類：如

（一）〈元謨〉——首段以設問式的議論起筆：

古者純公以惛愚聞。或曰：「公知聖人之道。」天子聞之，咨而問焉，……上古之君，用真而恥聖，故大道清粹，滋於至德，至德蘊淪，而人自純。

以問答方式，將作者欲論之聖人治國之良法，予以彰顯：古代國君以真誠的熱情為民服務，以崇高無私的德行感化人民。續則以直接議論亡國者，其亡國原因是在以暴力、肆虐的手段，嚴殺、屠宰人民：

殆乎衰世之君，先嚴而後殺，乃引法樹刑，援令立罰，刑罰積重，其下畏恐，繼者先殺而後淫，乃深刑長暴，酷罰恣虐，暴虐日肆，……此頹弊以亡之道也。嗚呼！真聖之風，歿無象耶！明順之道，誰為嗣耶？嚴正之源，開己竭耶！殺淫之流，日深大耶！吾其頌昌人之道，為戒心之實。

文末再以感歎方式議論，使語氣和緩，亦使論點鮮明突顯。

（二）〈管仲論〉──篇首以感嘆語句的議論法起筆：

當見天下太平矣，元子異之，曰：「嗚呼！何是言之誤耶！彼管仲者，人耳，止可與議私家畜養之計，止可以修鄉里畎澮之事。」

對管仲歷史上地位，重新評估，反對器小識低之說，繼以直接議論法，評論管仲曾有的功業──管仲輔佐齊國，致使齊國富強，安定諸侯，使之臣服，並復先王之風化、制度。

仲之相齊，及齊疆富，則合請其君恢復王室，節正諸侯，……一旦能新復天子之正朔，更定天子之封畿，上奉天子復先王之風化，下令諸侯復先公之制度。

文末以古今對比法之議論，使題旨作更深入的推廣──管仲之才智，當今君臣非不及之，然而今日浮靡社會均已失禮節仁義的美好德行，即使是管仲再世，也無法有所作為。本文不只發表了自己的觀點，並且也提供了讀者認識此歷史人物的不同角度，使意蘊更豐富。

成功的議論文，除了取決於深刻的見識外，仍配合周密的字、句組織架構，使邏輯圓融，論辯分明。元結的散文，在段落之間、字句銜接方面，做到了嚴謹的要求，並且能擅用巧妙的佈局，使有限的篇幅寄託豐富的內涵。

二、通篇為敘類

此類作品有：

〈別韓方源序〉（《元次山文集》卷七）
〈與呂相公書〉（《元次山文集》卷七）
〈為呂荊南謝病表〉（《元次山文集》卷十）
〈舉呂著作狀〉（《元次山文集》卷十）
〈乞免官歸養表〉（《元次山文集》卷十）
〈謝上表〉（《元次山文集》卷十）

等篇，茲以其中數篇為例，試拈出其脈絡：

（一）〈別韓方源序〉

——首先敘述八年前元結與韓方源在商餘山分別之景，昔日同有隱居終老山林之志，而今韓方源堅持己見，自己卻走上仕途，對此元結深感慚愧：

> 次山與方源昔年俱順於山谷，有終焉之意，今方源得如其心，次山污其冠冕，次山一顧方源，

再三慚羞。又云：

今方源欲安家肥陽，次山方理兵九江，相醉相辭，不必如昔年之約，此情豈易然者耶？

續則由對比敘述法轉為直接敘述法，直陳今後次山和韓方源各自的方向：次山於九江統領軍隊，方源則至肥陽定居，故此次相別，將各奔東西。

全文運用簡煉精悍的敘述文字，營造出跌宕的文氣，使通篇豐富多變。

（二）〈謝上表〉——篇首以直接敘述法，簡明陳敘元結接任道州刺史，西戎入侵，道州居民無不遭受其害。

去年九月敕授道州刺史，屬西戎侵軼，至十二月，臣始於鄂州授敕牒，即日赴任，臣州先被西原賊屠陷，……臣以五月二十二日到州上訖，耆老見臣，俯伏而泣。

又云：

臣愚以為今日刺史，若無武略以制暴亂，若無文才以救疲弊，若不清廉以身率下，若不變通以救時須，一州之人不叛則亂將作矣！

續假設語氣，把面對殘破的道州，身為父母官的職責：若沒有軍事才識，恐叛賊再犯；若沒有文學才華，恐文化、教育不能振興；若沒有清介、廉潔的操守，恐部屬、百姓貪婪成風；將導正政治衰敗的方法，若無通權達變，以挽時弊的觀念，恐叛亂將起。藉假設性敘述，使解決良才，一併呈現，正是元結散文高妙處。

元結於敘述事、物之時，運用直接或白描假設語法，使作品展現錯綜、緊湊的特色，將主旨立體多樣化的凸顯出來，使文章餘蘊不斷，耐人深思。

三、夾議夾敘類

包含（一）厚敘薄議；（二）前敘後議；（三）薄敘厚議；（四）前議後敘四小類。

（一）厚敘薄議類——

此類作品有：

〈喻友〉（《元次山文集》卷八）

〈寱論〉（《元次山文集》卷八）

〈說楚何荒王賦〉（《元次山文集》卷二）

〈說楚何惑王賦〉（《元次山文集》卷二）
〈說楚何惛王賦〉（《元次山文集》卷二）
〈處規〉（《元次山文集》拾遺）
〈惡圓〉（《元次山文集》拾遺）
〈訂司樂氏〉（《元次山文集》拾遺）
〈惡曲〉（《元次山文集》拾遺）
〈請給將士父母糧狀〉（《元次山文集》卷十）

茲舉數篇為例，加以說明：

如〈惡曲〉——

> 元子時與鄰里會，曲全當時之權。以順長老之意。歸泉上，叔盈問曰：「向夫子曲全其權，道然也？苟為爾乎？」

〈惡曲〉運用問答以提起全篇主旨，藉叔盈質疑元結曲意屈服他人之真正動機，導出主旨。繼而以假設語句敘述若委曲己論順從他意、若委曲己國順從他國，期求名位、聲譽之作為，是為人非議的。

> 若能苟曲於鄰里，強全一權，豈不能由於鄉縣以全言行，能苟能曲於鄉縣，豈不能苟曲於邦

國？以彰名譽。

文末轉以反詰語氣議論法，以反論自稱正直不曲的人，對於委曲自己順從他人以求名聲的人，予以怒責，恐怕有貪求正直美名之嫌疑，以呼應前文，並造成波瀾，文章餘味隨而產生。

吾以顏貌曲全一惟。全直君子之惡我如此，猶有過於此者，何以自免？

文章大半採設問、假設的手法來客觀地舖陳事件，使主觀情感暗中抒發，並藉文末反詰方式的議論，使論理強烈展現，預留讀者思考空間。

此類散文雖然敘述部分占有較大篇幅，但文章重點常在文末精闢簡短的論辯文字，以簡潔、堅決的斷語收束前面大量的敘述筆調，實可見其文藝技巧運用嫻熟自如，既能強調說理的論點，又使文章不致僵硬生澀。

（二）薄敘厚議類──

此類作品僅有一篇，為：

〈時規〉（《元次山文集》拾遺）

〈時規〉──篇首以直接敘述，陳言元結因待詔留滯長安，和中行公飲酒同歡。

乾元己亥，漫叟待詔在長安，時中行公掌制在中書，中書有醇酒，時得一醉。

續轉為設問式議論，二人暢論政局、人性、民生、社會等重大議題。文章氣勢隨之動蕩起伏，文章意涵也更為豐富。

叟誕曰：「願窮天下鳥獸蟲魚以充殺者之心，願窮天下醇酎美色以充欲者之心。」中行公聞之歎曰：「……何不曰：『願得如九州之地者億萬，分封君臣父子兄弟之爭國者，使人民免賊虐殘酷者乎？』何不曰：『願得布帛錢貨珍寶之物，溢於王者府藏，滿將相權勢之家，使人民免饑寒勞苦者乎？』」

全文安排首用簡略的敘述，作為文章的開端，點出時間、地點、人物和動作，雖於文章內涵上，也未能和後面的議論緊密相扣，卻營造了一個鮮明的論辯氛圍，能讓讀者如臨其境。雖是淡淡幾筆的白描手法，卻啟動了後續來勢不可抑的議論對話，將意旨充分展現。薄敘後議的寫作手法，使磅礴議論具象、柔性化。

(三) 前敘後議類──

此類作品有：

〈心規〉（《元次山文集》拾遺）
〈戲規〉（《元次山文集》拾遺）
〈出規〉（《元次山文集》拾遺）
〈述命〉（《元次山文集》卷五）
〈訂古五篇〉（《元次山文集》卷五）
〈七不如七篇〉（《元次山文集》卷五）
〈自箴〉（《元次山文集》卷六）
〈元魯縣墓表〉（《元次山文集》卷九）
〈瀼溪銘〉（《元次山文集》卷六）
〈請省官狀〉（《元次山文集》卷十）
〈大唐中興頌〉（《元次山文集》卷六）

等篇，茲以其中數篇為例，試拈出其脈絡：

1、〈戲規〉—首先直接描述元結戲弄牧童，使牧童受田主處罰之事。

元子友倚于雲丘之顛，戲牧兒曰：「爾為牧歌，當不責爾暴。」牧兒歌去，乃暴他田，田主鞭之，啼而冤元子。

再轉以反詰式敘述，戲弄牧童誠非君子所當為。文勢由順起，以逆承之，繼以直接議論君子凡事均會慎思而後行。

吾聞君子不苟戲，無似非，如何惑一兒？使不知所以蒙過，此非苟戲似非之非者耶！惡不必易此。

末轉為排比句式之議論法，使文氣層層起伏，文旨亦隨此一一展開，並回應前文之反詰語氣，使作品角度擴增。

彼行於世上，有愛憎相忌，是非相反，名利相奪，禍福相從，至於有蒙戮辱者，焉得不因苟戲似非，……吾當以戲為規。

文章前半部置以簡略的敘述，使讀者掌握事件始末，續則筆鋒逆轉，接以堅決的議論，呼應前半部之敘述，使文章生動多變。

2、〈自釋〉——篇首以直接敘述起筆：

河南，元氏望也，結，元子名也，次山，結字也。世業載國史，世系在家牒，少居商餘山。

敘述元結籍貫、名字及家族譜錄，次則轉為因果式敘述。追溯元結其他稱號之由來，因逃難入猗玗洞，故有猗玗子之稱，後曾居住瀼溪邊，所以自稱浪士，又因個性浪漫、不受羈絆，所以有漫郎、漫叟和聱叟之稱。

> 天下兵興，逃亂入猗玗洞，始稱猗玗子，後家瀼濱，乃自稱浪士，及有官，人以為浪者亦漫為官乎！呼為漫郎，……少長相戲，更曰聱叟，彼誚以聱者為其不相從聽，不相鉤加。

繼以設問式議論法，造成波瀾起伏，將元結個性——崇尚自由、不受羈絆、浪漫情性等項，與自身表現於外之行事作為相結合，呈現激切文勢。

> 於戲！吾不從聽於時俗，不鉤加於當世，誰是聱者？吾欲從之，……取而醉人議，當以漫叟為稱，直荒浪其情性，誕漫其所為，使人知無所存有，無所將待。

全文首先採取直接敘述手法，勾勒出欲論之範圍，然後據此範圍，運用設問方式分析、論證，並引出結果，歸結出結論，有嚴整、緊湊的巧妙。

前敘後議的寫作方法，使文章結構嚴謹，使敘述議論互相輔助、呼應，文氣為之大開大合，文意隨著敘議之轉換，而傳達出作者真切之情感，展現了緊湊之文氣。

（四）前議後敘類——

此類作品有三篇：

〈與韋洪州書〉（《元次山文集》卷七）

〈殊亭記〉（《元次山文集》卷九）

〈刺史廳記〉（《元次山文集》卷九）

舉例分析說明：

1、〈與韋洪州書〉—篇首以直接式議論法，論述在擁有權位之貴達，若能嚴別君子、小人，使之各得其所，才能使百姓頌德，後世師法。

> 某聞古之賢達居權位也，令當世頌其德，後世師其行，何以言之？在分君子小人，察視邪正，使無冤濫而無憤痛耳。

續以當時政治人物作為實例，議論其行事與所受之賞罰失當，以呼應首段，文氣急切直率。

> 請以端公賢公中丞為喻，……某以為賞中丞之功未當，論中丞之冤至濫。

文章後段則由議論轉為譬喻式敘述法，使文氣由急轉緩，使文章含蓄深遠，耐人尋味。

> 某又聞泗上鄰家之事，請說以自喻，昔泗上有鄰家，有朋友，遊者之，遊東家，則曰公之友賢，能益主人，西家之友愚，能損主人，……於是鄰家之友相惡，將相害，鄰家之翁怒，將相絕，里有正信之士為辯之，然後鄰家通歡，鄰友相善。

2、〈殊亭記〉——起筆以直接議論：

> 癸卯中，扶風馬向兼理武昌，以明信嚴斷惠正為理，故政不待而成。

次轉為設問式議論，造成波瀾起伏，氣勢提振，文章餘味隨之迴旋，意旨也因此彰顯。將從政者的操守——光明、誠信、嚴謹、果斷、慈惠和公正等項，與治理政務的能力密切結合，呈現激切文勢。

> 於戲！若明而不信，嚴而不斷，惠而不正，雖欲理身，終不自理，況於人哉？

文章後段再以設問式敘述，將語氣和緩，並回扣題目，說明亭名之命名之由來。

> 亭臨大江，復在山上，佳木相蔭，常多清風，巡回極望，目不厭遠，吾見公才殊政殊跡殊，為此亭又殊，因命之曰殊亭。

全文前半採堅決議論之筆調，意旨直接彰顯，後繼以平緩的設問敘述手法，在客觀鋪陳事物的同時，融入了主觀的情緒，結合情、理，文氣極富變化。

前議後敘的寫作方式，可使文章起頭即能有強烈說服性、感染力，使議論主旨清晰呈現，進而改用敘述筆法，使文氣由急趨緩，以帶出主觀的情感，作者不但能使客觀的評議，更能使主觀的情緒順勢傾注，使作品不致過於陽剛、乏味。

第三節　字句修辭

欲了解元結散文的意象與字詞美感，可就其散文中較常使用的修辭方式加以研究。

一、排比

元結的散行文字，常融入原屬韻文的排比句式。此舉可突顯重點，強調意象，更可增加文章的節奏感，使文字具渲染力，而句型結構亦有參差變化。於說理之時，運用排比句型，則可將道理噴薄而出，使文章聲勢壯大，並可以達到攝撼人心的效果。

例如〈刺史廳記〉的排比句為：

天下太平，方千里之內，……天下兵興，方千里之內，……

又如：凡刺史若無文武才略，若不清廉肅下，若不明惠公直。……蒼生蒙以私欲侵奪，兼之公家驅迫。

〈丐論〉的排比句：

> 於今之世，有丐者，丐宗屬於人，丐嫁娶於人，丐名位於人，丐顏色於人，甚者則丐權家奴齒以售邪妄，丐權家婢顏以容媚惑。

又如：

> 有自富丐貧，自貴丐賤，於刑丐命，命不可得，就死丐時，就時丐息，至死丐全形。……更有甚者，丐家族於僕圉，丐性命於臣妾，丐宗廟而不取，丐妻子而無辭，有如此者，不為羞哉？

〈戲規〉的排比句：

> 彼行於世上，有愍憎相忌，是非相反，名利相奪，禍福相從。

〈出規〉中有：

> 汝若思為社稷之臣，則非正直不進，非忠讜不言，……汝若思為祿位之臣，猶當避赫赫之路，

晦顯顯之機，如下廄粟馬，齒食而已。

〈惡曲〉的排比句有：

吾輩全直三十年，未嘗曲氣以轉聲，曲辭以達意，曲步以便往，曲視以回目，猶患於古人，古人有惡曲者，不曲臂以取物，不曲膝以便坐。

〈元魯縣墓表〉的排比句有：

元大夫生六十餘年而卒，未嘗識婦人而視錦繡，不頌之，何以戒荒淫侈靡之徒也哉？未嘗求足而言利、苟辭而便色，不頌之，何以戒貪猥佞媚之徒也哉？

〈自箴〉的排比句為：

我作自箴，與時仁讓，人不汝上，處世清介，人不汝害，汝若全德，必忠必直，汝若全行，必方必正。

〈七不如七篇〉〈第一〉的排比句有：

元子以為人之毒也，毒於鄉，毒於國，毒於鳥獸，毒於草木。

又如〈第五〉的排比句：

元子以為人之貪也，貪於權，貪於位，貪於取求，貪於聚積。

〈訂古五篇〉〈第一〉與〈第二〉的排比句：

吾觀君臣之間，且有猜忌而聞疑懼，其由禪讓革代之道誤也，故後世有劫篡廢放之惡興。……

吾觀父子之際，且有悲感而聞痛恨，其由聽讒受亂之意惑也，故後世有幽毒囚殺之患起焉。

又如〈第四〉與〈第五〉的排比句：

吾觀夫婦之道，且有冤怨而聞嫌妒，其由耽淫惑亂之情多也，故後世有滅身亡家之禍發焉。……吾觀朋友之義，且有邪詐而聞忌患，其由趨勢近利之心甚也，故後世有窮凶極害之利生焉。

在〈七不如七篇〉與〈訂古五篇〉中，可見到跨越篇章界限，而遙相呼應之排比句，使同一系列之文章，產生結構雷同、寓意共鳴的效果。

〈時議上篇〉的排比句：

天子往往在靈武，至于鳳翔，無今日兵革，而能勝敵，無今日禁制，而無亡命，無今日威令，而盜賊不起，無今日財用，而百姓不亡，無今日封賞，而將士不散，無今日朝廷，而人思任使。

又如：

豈天子能以弱制強，不能以強制弱？豈天子能以危求安，而忍以未安忘危？

〈時論中篇〉句型安排：

天下若安，吾何苦哉？天下若不安，吾屬外無仇讎相害，內無窮賤相迫，何苦更當鋒刃以近死乎？何苦更忤人主以近禍乎？

又如：

朝廷遂亡公直，天下遂失忠信，蒼生遂益冤怨。

〈時議下篇〉的排比句：

若天子能追行己言之令，必行將來之法，且免天下無端雜徭，且除天下隨時弊法，且去天下拘忌煩令，必任天下賢異君子，屏斥天下姦邪小人。

〈時規〉云：

願窮天下鳥獸蟲魚以充殺者之心，願窮天下醇酎美色以充欲者之心。……願得如九州之地者億萬，分封君臣父子兄弟之爭國者，使人民免賊虐殘酷者乎，……願得布帛錢貨珍寶之物，溢於王者府藏，滿於將相權勢之家，使人民免於饑寒勞苦者乎。

〈哀丘表〉排比句：

哀生人將盡而亂骨不藏者乎！哀壯勇已死而名跡不顯者乎。

〈化虎論〉之句型安排：

蓋欲待朝廷化小人為君子，化諂媚為公直，化姦迷為忠信，化競進為退讓，化刑法為典禮。

〈辯惑二篇〉下篇的排比句：

賞善而不罰惡則亂，罰惡而不賞善亦亂。

〈縣令箴〉的排比句：

古今所貴，有土之官，……為其動靜，是人禍福，為其噓　，作人寒燠，煩則人怨，猛則人懼，……太寬則慢，豈能行令？太簡則疏，難與為政。

〈問進士〉〈第一〉的排比句：

今欲散其士兵，使歸鄉里，收其器械，納之王府，隨其才分，與之祿位，欲臨之以威武，則力未能制，欲責之以辭讓，則其心未喻。

除用於說理之外，亦有敘事的排比句，使文旨能藉此達到鋪張、強調的效果。例如〈九疑圖記〉的排比句：

彼如嵩華之峻崎，衡岱之方廣。……往往見大谷長川，平田深淵，杉松百圍，榕栝並之，青莎白沙，洞穴丹崖，寒泉飛流，異竹雜草。

當合以九疑為南嶽，以崑崙為西嶽，……圖畫九峰，略載山谷。

又如：

〈右溪記〉的排比句：

此溪若在山野，則宜逸民退士之所遊，處在人間，則可為都邑之勝境、靜者之林亭。

〈自述三篇〉序中可見：

元子初習靜于商餘，人聞之非非曰，此狂者也，……人聞之是是曰，此學者也，……人聞之參參曰，此隱者也。

〈與韋尚書書〉可見：

結所以年四十，足不入公卿之門，身不齒於利祿之士，豈忘榮顯，蓋懼污辱。……古人所以愛經術之士，重山野之客，採輿童之誦者，蓋為其能明古以論今，方正而不諱。

〈請省官狀〉的排比句：

荒草千里，是其疆畎，萬室空虛，是其井邑，亂骨相枕，是其百姓，孤老寡弱，是其遺人。

〈與韋洪州書〉云：

公之友賢，能益主人，西家之友愚，能損主人，……公之友智，能譽主人，東家之友狡，能毀主人。

〈別韓方源序〉的排比句：

今方源得如其心，次山污其冠冕，……今方源欲安家肥陽，次山方理兵九江，……乙未之前，次山有元子，乙未之後，次山有猗玗子。

〈抔湖銘〉排比句：

抔湖，東抵抔樽，西侵退谷，比匯樊水，南匯郎亭，有菱有荷，有菰有蒲。……誰遊江海？能厭其大，誰泛抔湖？能厭其小。

〈惠公禪居表〉中：

直門臨溪，廣堂背山，庭列雙臺，修廊夏寒，松竹蒼蒼，周流清泉，岑嶺複抱，眾山回旋。……如山出雲，如水涵月。

〈茅閣記〉的排比句：

以威惠理戎旅，以簡易肅州縣。

〈崔潭州表〉的排比句：

公前在澧州，謠頌之聲，達于朝廷，褒異之詔，與人為程。在今日能使孤老寡弱無悲憂，單貧困窮安其鄉，富豪強家無利害。……使蒼生正暍而去麻蔭，使蒼生正渴而敝其清源。

〈與何員外書〉云：

若風霜慘然，出行林野，次山則戴皮弁，衣凡裘，若大暑蒸濕，出見賓客，次山則戴愚巾，衣野服。

〈再謝上表〉的排比句有：

伏想守廉讓者以臣為苟安祿位，抱公直者以臣為內懷私僻，有材識者辱臣於臺隸之下，用刑法者罪臣於程式之中。

〈張處士表〉的排比句：

當時之君，欲以祿位招之，有土之官，欲以厚禮處之。

〈菊圃記〉有：

誰不知菊也芳華可賞，在藥品是良藥，為蔬菜是佳蔬。……縱參歌妓，菊非可惡之草，使有酒徒，菊為助興之物。

〈寒亭記〉的排比句：

下臨長江，軒楹雲端，上齊絕顛。若旦暮景氣，煙靄異色。

〈送譚山人歸雲陽序〉可以見其句型：

松竹滿庭，水石滿堂，石魚負樽，鳧舫運觴，醉送譚子，歸于雲陽。

〈丹崖翁宅銘〉的排比句：

丹崖，湘中水石之異者，翁，湘中得道之異者。

〈七泉銘〉可見其排比句型：

道州東郭，有泉七穴，或吐於淵竇，或鰲於嵌臼，皆澄流清漪，旋沿相奏。……古之君子，方以全道，吾命汸泉，方以終老。

〈五如石銘〉的排比句：

石有雙目，一目命為洞井，井與泉通，一目命為洞樽，樽可　酒。……左如旋龍，低首回顧，右如驚鴻，張翅未去，前如飲虎，飲而蹲焉，後如怒龜，出洞登山。

元結常以整齊排比句和參差散行句穿插使用，與正說反論的句意手法互相呼應。筆勢隨此開闔，放斂抑揚，文旨因此特別突顯，如〈刺史廳記〉云：

> 天下太平，方千里之內，生植齒類，刺史乃存亡休戚之係。天下兵興，方千里之內，能保黎庶，能攘患難，在刺史爾，凡刺史若無文武才略，若不清廉肅下，若不明惠公直，則一州生類，皆受災害。

其「天下太平，方千里之內」、「天下兵興，方千里之內」和「若不清廉肅下」、「若不明惠公直」等均為整齊排比句法，配合「刺史乃存亡休戚之係」和「則一州生類，皆受災害」的散行句式，產生錯落之美。並結合正反句意──「前輩刺史或有貪猥惛弱，不分是非，但以衣服飲食為事」和「前後刺史能恤養貧弱，專守法令」，將行事惡劣的貪婪刺史與體貼弱勢的盡責刺史，用排比句型及參差散行句法交替表現，正是一證。

元結散文，善以整齊勻稱的排比文句造成連綿不斷的文勢，於議論道理，或鋪陳敘述時，均能經營出優美的韻律節奏。

二、設問

元結散文中，常用設問技巧以造成文章波瀾，振起文勢，並可強調文旨，暗含諷刺與憤怒。於論說道理時，運用設問修辭法，使欲論之理層次井然，清晰明白，時以主客對答的方式，時以激切反問之法，均可予讀者寬廣迴旋的探索空間，並由設問的詰詢語勢來激發本意，以收警醒人心之效。例如〈菊圃記〉之第二段，以激問方式反逼出內心不滿，希望眾人能省思補救：

誰不知菊也芳華可賞，在藥品是良藥，為蔬菜是佳蔬，縱須地趨走，猶宜徙植修養，而忍蹂踐至盡，不愛惜乎？

〈殊亭記〉之第二段，乃用激問修辭，正話反說：

於戲！若明而不信，嚴而不斷，惠而不正，雖欲理身，終不自理，況於人哉？

〈茅閣記〉之第三段，借自問自答方式，使文章意旨一層層地深化，文氣也隨之墊高激昂：

世傳衡陽暑濕鬱蒸，休息於此，何為不然？今天下之人正苦大熱，誰似茅閣？蔭而庥之。

〈元謨〉之第四段云：

嗚呼！真聖之風，歿無象耶！明順之道，誰為嗣耶？嚴正之源，開已竭耶！殺淫之流，日深大耶！

〈演謨〉之第一段以反問方式言己內心不滿。

天子聞之，惕然不娭，冥然深思，乃曰：「昌人之道，豈無故歟？」

〈寱論〉之第四段，運用設問修辭，造成疑而未決的文氣，誘使讀者深思：

大夫誠能學奴效婢，假寱言以譏諫人主，俾悔過追誤，與天下如新，大夫見尊重威權，何止侍中司隸？大夫乃歎曰：嗚呼！吾謂今之士君子，曾不如郃侯夷奴耶？

〈心規〉之第四段，於提問之前已將道理明白說出，而是再謹就事實提出疑問，使讀者自行去判斷：

子行于世間，目不隨人視，耳不隨人聽，口不隨人語，鼻不隨人氣，……不爾，有滅身亡家之禍，傷汙毀辱之患生焉，雖王公大人，亦不能自主口鼻耳目，夫公何思之不熟耶？

〈戲規〉之第二段，作者內心早有定見，提出疑問，只為促使對方自省，故其所設之激問，已預存反面答案：

吾厭世人飾言以由道，藏智以全璞，退身以顯示，設機以樹名，……以子為飾言藏智，退身設機，何不曰：「如此豈不多於盜權竊位，蒙汙萬物，富貴始及，而刑禍促之者乎？」

〈惡曲〉之第三段，亦「激問」修辭法，使欲論述之理暗寓於問題背後：

能苟曲於鄉縣，豈不能苟曲於邦國？以彰名譽，能苟曲於邦國，豈不能苟曲於天下？以揚德義，若言行名譽德義皆顯，豈有鍾鼎不入門，權位不在己乎？

〈異泉銘〉之序，亦屬激問修辭法：

於戲！陰陽旱雨，時異，以至柔破至堅，事異，以至下處至高，理異，故命斯泉曰異泉，……其意豈獨旌異而已乎？

〈瀼溪銘〉之序，則屬激問修辭法，問而未答，預留讀者思考空間：

瀼溪，可謂讓矣！讓，君子之道也，稱頌如此，可遺瀼溪，若天下有如似讓者，吾豈先瀼溪而稱頌者乎？

〈時議上篇〉之第二段，屬激問修辭法，分析事實之後，運用激問將主旨帶出：

天子往在靈武，至于鳳翔，無今日兵革，而能勝敵，無今日禁制，而無亡命，無今日威令，而盜賊不起，……何哉？豈天子能以弱制強、不能以強制弱？豈天子能以危求安、而忍以未安忘危？

〈時論中篇〉之第一段，亦為激問修辭之一例：

天下若安，吾何苦哉？天下若不安，吾屬外無仇讎相害，內無窮賤相迫，何苦更當鋒刃以近死乎？何苦更忤人主以近禍乎？

〈時規〉之第二段，運用否定設問方式，形成疑而未決之文勢，雖然並未於問題前把道理明說，只就事實提出疑問，卻使讀者自行推得預設之結果：

何不曰願得如九州之地者億萬，分封君臣父子兄弟之爭國者，使人民免賊虐殛酷者乎？何不曰願得布帛錢貨珍寶之物，溢於王者府藏，滿將相權勢之家，使人民免饑寒勞苦者乎？

除用於論說之外，設問修辭元結亦用於敘述上，使敘述之主題，藉疑問點出，然後以答句使文旨突顯，且可引導讀者思路走向自己期望的方向，產生深入人心之效。例如〈廣宴亭記〉之第三段云：

縣大夫馬公登之，歎曰：「謝公贈伏武昌詩云：『樊山開廣宴。』非此地耶？吾欲因而修之，命曰廣宴亭，何如？」漫叟頌之曰：「古人將修廢遺尤異之事，為君子之道。」

此為使用提問方式，藉一問之後，順勢帶出了答案。

〈九疑圖記〉之第三段，亦為提問修辭法，運用設問句法變更語氣，使文章氣勢順逆回復：

或曰：「若然者，茲山何不列於五嶽？」對曰：「五帝之前，封疆尚隘，衡山作嶽，已出荒服，……」

〈自釋〉之第二段，以提問方式，敘述元結個性、嗜好及別名之由來，將欲敘之事，藉問答之間，一一道出：

少長相戲，更曰聱叟，彼銷以聱者為其不相從聽，……又曰：公之漫，一猶聱乎？公守著作，不帶笭箵乎？又浪漫於人間，得非聱齖乎？

〈與呂相公書〉之第三段，運用激問修辭法，使文章氣勢聳拔，達到激發本意之效：

某又三世單貧，年過四十，弱子無母，年未十歲，孤生嫁娶者一人，相公視某，敢以身徇名利者乎？有如某者，以身徇名利，齒於奴隸尚可羞，而況士君子也歟！

〈別王佐卿序〉之第三段，以設問句法變更語氣，使文章表達有了變化：

在少年，握手笑別，雖遠不恨，以天下無事，……今與佐卿年近五十，又逢戰爭未息，相去萬里，欲強笑別，其可得乎？

〈窊樽銘〉以提問帶出對石頭的描摹，使讀者一目了然：

片石何狀？如獸如踆，其背巔窊，可以為樽。

〈五如石銘〉之銘文，以提問修辭法，將直敘句轉為詢問語句，可以強調文旨，並使文勢巧妙起伏：

五如之石，何以為名？請悉狀之，誰為我聽，左如旋龍，低首回顧，右如驚鴻，張翅未去，前如飲虎，飲而蹲焉，後如怒龜，出洞登山。

三、層遞

當於說話行文中，欲表達具大小、輕重，及含有秩序之兩種以上的事物時，依照其秩序而層層遞進推衍，叫作層遞修辭法。（註四）

元結散文，時能運用和諧規律的層遞修辭法，於論述之時，使說理議事平順而自然，且具說服力。

〈與呂相公書〉云：

某性荒浪，無拘限，每不能篩酒，與人相見，適在一室，不能無歡於醉，醉歡之中，不能無過。

連用「不……」字引領之堅決否定語意，充滿了作者主觀的感情色彩，並突顯了作者浪漫、自在，不為世俗規範所羈絆的瀟灑形象。

四　同註三，頁四八一。「凡要說的有兩個以上的事物，這些事物又有大小輕重等比例，而且比例又有一定秩序，於是說話行文時，依序層層遞進的，叫層遞。」

〈說楚何荒王賦〉上云：

嗚呼！有國者非喜愛亡國，有家者非喜愛亡家，……今君上喜愛浮宮罘罝，今臣下喜愛浮司浮鄉，吾恐君臣各迷，而家國共亡。

用「君」、「臣」上位和其下位二職，與「國」、「家」之大領域和其所屬之小領域，兩次層遞法，層層論述國家治理之道。

除了論理之外，亦在敘述上應用層遞修辭法，使敘述之事，依序傳達，使文章有波瀾跌宕的美感。

例如〈九疑圖記〉云：

在九峰之下，磊磊然如布　石者，可以百數，中峰之下，水無魚鼈，林無鳥獸。

將九疑山依「九峰之下」至「中峰之下」，分別述說，使自然景物井然呈現。

〈浪翁觀化〉，運用「有」、「無」、「化」等三個情狀概括世界萬物之運作，並分四個層次，依序敘說，首以「有無相化」，次以「有化無」，續以「無化有」，繼以「化相化」以作結。

陰陽之氣，化為四時，四時之行，化為萬物，萬物形全，是無化有，萬物形盡，是有化無，此有無相化之說。……我立於東，西望萬里，目極則無，人我兩望，終世相無，此有化無之說。……我來於南，北行萬里，至無不有，人我兩求，終世相有，此無化有之說。……我觀化於無也，何無不有，吾觀化於有也，何有不無，有無更化，日以相化。

〈世化〉云：

昔世之化也，天地化為斧鑕，日月化為豺虎，山澤化為州里，草木化為宗族，……子不聞往昔世之化也，四海之內，巷戰鬥鬬，斷骨腐肉，萬里相藉，天地非斧鑕也。

將世界局勢之演化，追溯早先之傳說，分成「昔世之化」和「往昔世之化」，分別敘說。

〈為董江夏自陳表〉云：

臣少以文學為諸生所多，中年自頤，逸在山澤，聖明無事，甘為外臣。

元結將自己一生分成「少」、「中年」兩個階段，分別敘說，在年少時，以文學之能，被眾儒生稱許，中年時期則甘於平淡，期望能倘徉於山川水澤間，巧妙運用了層遞修辭法，將歲月更迭、心境轉折依序敷衍而出。

四、譬喻

元結散文善於運用譬喻手法，將原本抽象之意旨，以具體形象表達出來。於論說道理之時，運用譬喻修辭法，使文章說服力增強。

〈處規〉云：

雲山幸不求吾是，林泉又不責吾非，熙然能自全，須時而若可矣！

以大自然中的白雲、山林和泉水不責人之是非作比，感嘆當前政壇和社會風氣，紛亂混雜，是非不分。

〈惡圓〉云：

元子家有乳母，為圓轉之器以悅嬰兒，嬰兒喜之，……入門愛嬰兒之樂圓，出門當愛小人之趨圓。

以觀察嬰兒喜好圓轉的玩具一事作比，比喻世間姦邪小人善以圓滑手腕應對之行為。

〈七不如七篇〉其文之首段幾乎全用譬喻修辭法：

元子常愧不如孩孺，不如宵寐，又不如病，又不如醉，有思慮，不如靜而閑，有喜愛，不如忘其情，及其甚也，不如草木。……元子於是系之於人事，繽之於比喻，始為七不如。

以孩孺、睡覺、生病、酒醉、安靜、忘情和草木等七項事物、狀態之特徵，來借喻自己在行事應對上缺失。

〈菊圃記〉云：

誰不知菊也芳華可賞，在藥品是良藥，為蔬菜是佳蔬，……猶宜徙植修養，而忍蹂踐至盡，不愛惜乎？於戲！賢士君子，自植其身，不可不慎擇所處，一旦遭人不愛重，如此菊也，悲傷奈何。

以可供人賞玩、用為藥引和良美蔬菜的菊花，卻遭世人輕視踐踏的命運，來比喻為當世賢士君子，若不慎擇居處，將亦不為世人看重。

〈哀丘表〉云：

乾元己亥為境上，殺傷勞苦，言可極耶！街郭亂骨如古屠肆，於是收而藏之。

以古代肉鋪作喻，感嘆眼前所見，因戰事的遍地屍骨其犧牲的不值。

〈崔潭州表〉云：

於觀察御史中丞孟公奏課又第一，會國家以犬戎為虞，未即徵拜，使蒼生正暍而去其麻麼，使蒼生正渴而敝其清源。

以清涼水源和遮蔭涼亭作喻，論天下蒼生的生活困頓，極須有才德之刺史，來解救百姓。元結亦在敘述上運用譬喻修辭法，使事物形容更為生動鮮明。

〈九疑圖記〉云：

> 九峰殊極高大，遠望皆可見也，彼如嵩華之峻崎，衡岱之方廣。

以嚴唆、曲崎的嵩山及方正、寬廣的衡山作喻，來描寫九疑山之高與廣。

〈右溪記〉云：

> 此溪若在山野，則宜逸民退士之所遊，……而置州已來，無人賞愛，徘徊溪上，為之悵然，乃疏鑿蕪穢，俾為亭宇。

以右溪之景致優美，卻無人欣賞，比喻具良好才德的人，卻無人賞識、任用。

〈虎蛇頌〉云：

> 猗玗洞中，是王虎之宮，中　之陰，是均蛇之林，居之三月，始知王虎如古君子，始知均蛇如古賢士。

用古代傳說具仁惠、謙讓的王虎，及具和順、忍讓的均蛇，以比喻君子、賢人。

〈寒泉銘〉云：

> 湘江西峰直平陽江口，有寒泉出於石穴，……瀛瀛江渚，堪救渴暍，人之不知，時當大暑，江流若湯，寒泉一掬，能清心腸，誰謂仁惠，不在茲水？

以寒泉之水清涼，能解盛暑人們之渴作喻，暗指仁惠君子，才能解民於水火。

〈七泉銘〉云：

> 於戲！凡人心若清惠，而必忠孝，守方直，終不惑也，故命五泉，其一曰潓泉，次曰　泉，次曰涍泉、汸泉、淔泉，……潓泉，清不可濁，惠及於物，……古之君子，方以全道，吾命汸泉。……曲而為王，直蒙戮辱，寧戮不王，直而不曲……以命淔泉。

把「清不可濁，惠及於物」之潓泉，喻作人性的仁惠之德，把「直而不曲」的淔泉，喻作人性的耿直方正的德行。

五、虛字

元結散文以說理為重，常藉虛字轉筆，使文旨隨之展現。

元結常使用「而」字，以轉折文意、語勢，使論理之時，文勢起伏，產生撼動人心之效。

〈元謨〉中，「而」字使用了十字，佔全文三百字的百分之三弱：

上古之君，用真而恥聖，故大道精粹，……至德蘊淪，而人自純，其次用聖而恥明，故乘道施教，修教設化，教化和順，而人從信。

〈演謨〉中，用了八次「而」字轉筆：

乃見禁而無殺，順而無訛，……然後忿爭之源，流而日廣，慘毒之根，植而彌長。

元結的文學功力，在運用「而」字時展現，不但不顯重覆，反突顯了文旨，更見其析理的透徹。「則」字的使用，將論理之邏輯、因果，緊密串連，使文章呈現流暢的節奏感，也加強了文章的說服力。

〈丐論〉首段中，運用四個「則」字，將欲言之理，順勢串連起來：

古人鄉無君子，則與雲山為友，里無君子，則與松竹為友，坐無君子，則與琴酒為友，出遊於國，見君子則友之。

〈自述三篇序〉中，用了三個「則」字，形成排比效果：

元子初習靜于商餘，人聞之非非曰：「此狂者也。」見則茫然，……「此學者也。」見則猗然，……「此隱者也。」見則崖然。

「於戲」感嘆詞的使用，使筆端飽蘸情感。元結文章中，屢次以「於戲」引領文章的意旨，並藉以渲洩情感，將一己的好惡、愛憎融入客觀的敘述和評價中，使文章入情入理。

〈茅閣記〉云：

世傳衡陽暑濕鬱蒸，休息於此，何為不然，今天下之人正苦大熱，誰似茅閣？蔭而庥之，於戲！賢人君子為蒼生之庥蔭。

先敘述衡陽的天候酷熱，需建茅閣，使人休息乘涼，再以「於戲」之感嘆，導出作者一己的感觸——認為當前天下百姓，正需有才德者之引領，使人民生活安定。

〈殊亭記〉云：

扶風馬向兼理武昌，以明信嚴斷惠正為理，故政不待時而成，於戲！若明而不信，嚴而不斷，惠而不正，雖欲理身，終不自理，況於人哉？

先敘述友人馬向在政治上的功績，再以「於戲」導出元結對於當前政局的觀點——認為要導正政治走向，在於為官者應有光明、誠信、嚴謹、決斷、仁惠和公正的操守。

〈菊圃記〉云：

春陵俗不種菊，前時自遠致之，植於前庭牆下，及再來也，菊已無矣。……於戲！賢士君子，自植其身，不可不慎擇所處，一旦遭人不愛重，如此菊也，悲傷奈何！

文首敘述元結在舂陵種植具眾多長處的菊花，卻不為當地人欣賞、重視，續以「於戲」導出元結對世上兼具才德之君子賢人，卻不被重視之處境，深表不平和惋嘆。

六、其他

為了使散文有更深刻的義旨呈現，元結時用語氣堅決的字眼，以增加說服力，另一方面，也使文章擁有較為剛強的生命力。

元結散文中，屢用「能」、「必」、「不」等字詞，使文氣振起有力。如〈刺史廳記〉云：

天下兵興，方千里之內，「能」保黎庶，「能」攘患難，在刺史爾。凡刺史若無文武才略，若不清廉肅下，若不明惠公道，則一州生類，皆受災害。

又如〈時議下篇〉云：

若天子「能」追行己言之令，「必」行將來之法，「且」免天下無端雜徭，「且」除天下隨時弊法，「且」去天下拘忌煩令，「必」任天下賢異君子，屏斥天下姦邪小人。

運用「能」、「必」、「且」等語氣堅決之字眼，將心中的感受以率直、堅決的語言，直接舖陳出來，字裡行間充滿著情真意切的感染力，也可想見元結的個性。

〈呂公表〉云：

嗚呼！使公年壽之「不」將也，天其未厭兵革，「不」愛蒼生歟！公明「不」盡人之私，惠「不」取人之愛，威「不」致人之懼，令「不」求人之犯，正「不」刑人之僻，直「不」指人之恥，故名「不」異俗，跡「不」矯時。

運用「……不……」及「不……」之否定句型，極力論述為官者應盡之義務，應有之操守，如此寫法，使全文更富轉折變化，有悠遠不盡之致。

除了論說、析理外，在敘述上運用堅決語氣之字眼，使文章中心意旨突出，平直的敘述也因而緊湊集中，不致於散漫無味。

〈張處士表〉云：

處士張秀卒，……若非介直方正，與時世「不」合，「必」識高行獨，與時世「不」合。

運用「必……」及「……不……」之句型，使張處士之行為、操守明白揭示出來，並突顯其遺世獨立的形象。

元結行文為求簡煉達意，常使用四字句型，使文章加快節奏，文氣旺盛。或疊用二、三言短句，使文意勁直有力，於詰難、論理時運用，形成銳不可當的文勢。

〈自箴〉云：

有時士教元子顯身之道曰：「于時不爭，無以顯榮，與世不佞，終身自病，君欲求權，須曲須圓，君欲求位，須奸須媚，不能此為，窮賤勿辭。」

以四言排比短句，順勢鋪排而下，顯得氣盛而緊湊。

〈時議上篇〉云：

往年逆亂之兵，東窮江海，南極准漢，西抵秦塞，北盡幽盡，……天子獨以數騎，僅至靈武，引聚餘弱，憑陵強寇，頓軍岐陽，師及渭西，曾不踰時，竟摧堅銳，復兩京，逃降逆類，悉收河南州縣。

連用四字句型，論敘叛賊侵略，天子挺身領軍抵禦得勝之情況，文氣奔放難抑。

〈時論中篇〉云：

夫太明則見其內情，將藏內情，則罔惑生焉，罔上惑下，能令必信，信可必矣，故太信焉，太信之中，至姦元惡，卓然而存。

此以四字句型，論敘天下局勢，並用頂真修辭將文意串連，使句法在整齊中有奇變之巧，文意也遞承而下，充分表達一洩到底的感慨。

除了論理、詰難外，在敘述上亦常用四字句型，使文章在直敘外，亦有靈動的聲情之美，並有言簡意賅的效果。

〈刺史廳記〉云：

> 中峰之下，水無魚黿，林無鳥獸，時聞聲如蟬蠅之類，聽之亦然，……平田深淵、杉松百圍、榕栝並之、青莎白沙、洞穴丹崖、寒泉飛流、異竹雜華，回映之處，似藏人家。

又如〈寒亭記〉云：

> 下臨長江，軒楹雲端，上齊絕顛，若旦暮景氣，煙靄異色，蒼蒼石墉，含映水木，欲名斯亭，狀類不得，敢以名之，表示來世。

亦是一例。

元結散文善於結合意象和字詞美感，由其修辭上靈活運用整齊均勻的排比句、能提振文勢的設問手法、和諧規律的層遞修辭法、生動具象的譬喻技巧、使文意轉折的虛字用法、具剛強生命力的字眼、簡練達意的四字句型，使文章具連綿不斷、波瀾起伏的文勢，並且使說理平順有序，意象表現更為生動鮮明，凡此種種之字句修辭，皆是元結散文匠心獨運的表現。

由元結散文之藝術技巧分析中，可以發現其所表現的文學形式美，能將藝術性和思想性諧合搭配，是不同於當時文壇純然偏重形式的寫作手法。

元結作品，於命意、章法及修辭上各見巧妙，使架構出來的文章，能於闡明道理、敘述情事，展現出起伏有致、節奏鏗鏘、活潑有力的特色。

第六章　元次山散文之地位

對文學創作的批評與鑑賞，不僅古今難求一致的標準，即使是同一時代的人，也無法採取統一的準則；差異之產生，往往在於每個時代均有其獨特的文學思潮與文風，加上個人因素所致。

由於前人對於元結作品的評價不一，為了給予元結適切的文學地位，確定其在唐代古文運動之貢獻，遂將初唐史家對唐代文學演變的看法，和元結之文學見解加以比較，以確立元結散文之地位和影響。

第一節　唐代古文運動之起始

初唐承襲六朝華靡文風，徒重形式、輕忽內涵的弊端漸明，改革的呼聲益響，直到陳子昂等人出現，才真正開始改變文壇的風氣與面貌。〈四庫全書總目提要〉云：

唐初文章，不脫陳、隋舊習，子昂始奮發自為，追古作者。……今觀其集，惟諸表、序猶沿俳儷之習，若論事書疏之類，實疏樸近古。(註一)

陳子昂以其「疏樸近古」的論事書疏，替文壇注入一股新鮮的氣息，在革新文體的路途上做出了顯著的成績。

〈四庫全書總目提要〉云：

李唐自貞觀以後，文士皆沿六朝之體，經開元、天寶，詩格大變，而文格猶襲舊規。元結與獨孤及始奮起湔除。……其後韓、柳繼起，唐之古文遂蔚然極盛，斲雕為樸，數子實居首功。(註二)

指出自元結和獨孤及奮然滌除六朝體之習，韓愈、柳宗元繼起，終完成唐代的古文運動。

宋人姚鉉〈唐文粹序〉亦云：

賈常侍至、李補闕翰、元容州結、獨孤常州，及呂衡州溫、梁補闕肅、權文公德輿、劉賓客禹錫、白尚書居易、元江夏稹，皆文之雄傑者歟！

一　清・紀昀：《四庫全書總目提要・元次山集解題》，卷一四九。

二　同註一。

宋・董逌〈廣川書跋磨崖碑〉云：

結以能為，卓然振起衰陋，自以老於文學，故頌國之中興，嘗謂唐之文敝極矣。……韓退之評其文，謂以所能鳴者。余謂唐之古文，自結始，至愈而後大成也。（註三）

董逌認為元結於文章上之文學創作和理念，扭轉了六朝以來排偶綺靡之陋習，開啟了唐代古文革命，直至韓愈才集其大成。歐陽修〈唐元次山銘〉云：

唐自太宗政治之盛，幾乎三代之隆，而惟文章獨不能革五國之弊。既久而後韓、柳之徒出，蓋習俗難變，而文章變體又難也。次山當開元、天寶時，獨作古文，其筆力雄健，意氣超拔，不減韓之徒也，亦可謂特立之士哉。（註四）

歐陽修也認為元結能力除雕藻綺靡之六朝文風，而以清剛、質樸的文章創作手法，自成一格，在推動古文運動之貢獻上，實有重要的領先地位。

〈四庫全書總目提要〉云：

蓋唐文在韓愈以前，自結始，亦可謂耿介拔俗之姿矣。（註五）

三　宋・董逌：《廣川書跋・磨崖碑》
四　宋・歐陽修：《集古錄・唐元次山銘》，（四部叢刊）卷七，頁一一一四。
五　同註一。

唐代古文運動之先驅者中，唯元結能提出具體的文學主張，如崇尚實用、抒發情志、反對唯美和主創新反抄襲等，具遠識見解，又能落實於實際創作，其在唐代古文運動上之成就和領先地位，是不容置疑的。

第二節　初唐史家與元結文評之比較

唐代文壇承繼前代六朝的華靡文風，故於散文創作上，仍以駢儷為主要傾向，宋歐陽修於〈隋太平寺碑〉云：

> 南、北文章至於陳、隋，其弊極矣。以唐太宗之致治，幾乎三王之盛，獨於文章，不能少變其體。豈其積習之勢，其來也遠，非久而從勝之，則不以驟革也。（註六）

但唐代政壇和文壇等各領域，對於華美的駢文寫作形式，漸漸感到不能滿足其需求，故開始有了改革文風的聲音。

欲了解唐代對於改革文體的聲音，可以由其求實精神和歷史發展眼光之史家，於其史書中所立

六　宋・歐陽修：《集古錄跋尾・隋太平寺碑》，（四部叢刊）卷五，頁一〇八九。

之「文學傳」或「文苑傳」中去探究，雖唐代諸史家對文學現象均有各自獨到的看法，且史家們於史書中所關注的範圍也較為廣泛，致使所呈現出來的文論，對於唐代古文思潮之影響力不甚明顯，但其等文論能客觀呈現世代間的文學思潮。

因此，將元結文學主張與唐史家文論對照，如果有相合之處，可了解元結於文學思想上的領先地位和宏觀之眼光，如果有不盡吻合，則可探究元結於文學理念之獨特性與影響所在。

元結文學主張與唐初史家文論相合者有三：（一）尚用的文學觀念。（二）抒發情志之主張。（三）反對唯美的觀念。二者不相合處有：（一）史家主張模擬求神似。（二）元結主創新反抄襲。

一、與史家相合處

（一）尚用的文學觀念——

清代與唐初文學之主張著重在文章之本質與作用，而初唐史家之文學理論，幾乎都是以「尚用」為其出發點，要求文學能重實用、經世濟民，以達到「懲惡勸善」的目的，魏徵在《隋書．文學傳序》中認為文學的作用在於：

> 上所以敷德教於下，下所以達情志於上。大則經緯天地，作訓垂範，次則風謠歌頌，匡主和

民。（註七）

認為「文」能夠「經緯天地」、「匡主和民」，並且通上下之情。姚思廉的《梁書．文學傳序》中云：

經禮樂而緯國家，通古今而述美惡，非文莫可也。（註八）

表達了文章有規勸、諷刺美惡之作用。

元結對於文學之要求，亦認同文學作品可以傳達出治國、平天下的理念，並有經世、教化之作用。於〈劉侍御月夜讌會〉序云：

於戲！文章道喪蓋久矣，時之作者，煩雜過多，歌兒舞女，且相喜愛，系之風雅，誰道是邪？諸公嘗欲變時俗之淫靡，為後生之規範。

認為文學可以改變浮靡的社會風俗，使之趨向美善。〈文編序〉云：

七 唐．魏徵：《隋書．文學傳序》，卷七十六，頁一七二九。

八 唐．姚思廉：《梁書．文學傳序》，卷四十九，頁六八五。

故所為之文，……急於公直，守其節分，如此非救時勸俗之所須者歟！

強調文學要有為國家、社會服務之實用性，並進一步做到救時補世之經世作用。

由前知，元結與初唐史家在強調文章的實用效果上頗為一致。

（二）抒發情志之主張——

初唐史家很重視文章的實用功能，雖然反對六朝遺留下來的浮靡文風，但他們並不抹殺文學和人之情感、性情之關係。令狐德棻於《周書．王褒庾信傳論》云：

原夫文章之作，本乎情性。覃思則變化無方，形言則條流遂廣。（註九）

及房玄齡於《晉書．文苑傳後論》云：

夫賞好生乎情，剛柔本於性。情之所適，發乎詠歌，而感召無象，風律殊制。（註十）

可見唐初史家肯定文學在抒發情志的特質，顯示他們對文學創作原理的了解，將緣情體物敘事視作創作之原動力。魏徵於《隋書．經籍志集部總論》中云：

九　唐．令狐德棻：《周書．王褒庾信傳論》，卷四十一，頁七四四。

十　唐．房玄齡：《晉書．文苑傳後論》，卷九十二，頁二四〇六。

文者，……言其因物騁辭，情靈無擁者也。唐歌、虞詠、商頌、周雅，敘事緣情，紛綸相襲，自斯已降，其道彌繁。（註十一）

元結對於文學作品產生原因，亦提出了一己見解，於〈與韋尚書書〉云：

古人所以愛經術之士，重山野之客，采輿童之誦者，蓋為其明古以論今，方正而不諱，悉人之下情。

體認到文學能表達出人之喜怒哀樂之情感，並自省創作動機，〈文編序〉云：

故所為之文，多退讓者，多激發者，多嗟恨者，多傷閔者。

〈劉侍御月夜宴會詩序〉云：

文章道喪蓋久矣，時之作者，煩雜過多，……諸公嘗欲變時俗之淫靡，為後生之規範，今夕豈不能通達情性，成一時之美乎？

主張真正佳作，即是可傳達人類廣泛、普遍之情感，可見元結並非以實用功能做為衡量文學價值的

十一　唐・魏徵：《隋書・經籍志集部總論》，卷三十五，頁一〇九〇。

唯一標準，對於文學之特質，有其獨到的審美角度。

初唐史家如魏徵、令狐德棻等人均肯定體物、緣情之文學創作原理，元結亦認同文學是本乎情性、抒發情志之作用，此一文學觀點，元結和唐初史家若合符節。

（三）反對唯美之觀念──

六朝時代之文學創作，由於太過追求形式上之美，導致文章內容貧乏，漸漸形成了柔靡浮豔的文風，初唐史家基於尚用的觀念，對於過於淫麗、無助於實用之文章，採取了排斥的態度。

魏徵於《梁書．帝紀論》：

> 太宗（蕭綱）……多聞博達，富贍詞藻。然文豔用寡，華而不實，體窮淫麗，義罕疏通，哀思之音，遂移風俗。（註十二）

元結對於空泛無物、浮豔綺靡之文風亦堅決反對，〈篋中集序〉云：

> 風雅不興，幾及千歲，溺於時者，世無人哉！……近世作者，更相沿襲，拘限聲病，喜尚形似，且以流易為辭，不知喪於雅正。

十二　唐．魏徵：《梁書．帝紀論》，卷六，頁一五一。

元結認為文人徒求聲韻技巧、辭藻雕琢之唯美風氣，所創作出來的作品沒有深刻的內涵，並表明有道德、教化之內容的作品才是佳作，雖然排斥綺靡文風，元結其實並非完全否定藝術技巧之功用，認為文學之內容與形式應並重。

二、與史家不合處

元結的文學主張中，與初唐史家之文論比較下，可見元結之獨特性與突破處，即是主張文學應創新反抄襲，此與初唐史家主張要模擬求神似，是大相逕庭的。

（一）史家主模擬求神似——

初唐史家劉知幾提出文學要師古模擬，且標舉出模擬之法。《史通通釋．模擬》云：

> 夫述者相效，自古而然，故列禦寇之言理也，則憑李叟；揚子雲之草玄也，全師孔公。……況史臣注記，其言浩博，若不仰範前哲，何以貽厥後來？……蓋模擬之體厥途有二：一曰貌同而心異，二曰貌異而心同。……所擬者非如圖畫之寫真，鎔鑄之象物，以此而似也。其所

以為似者，取其道術相會，義理玄同，若斯而已。（註十三）

（二）元結主創新反抄襲——

元結個性是耿介拔俗，不受傳統束縛，並具有勇於創新和開拓的精神。除了力排六朝駢麗文風之外，並以實際創新，打破六朝駢文積習。〈篋中集序〉云：

近世作者，更相沿襲，拘限聲病，喜尚形似，且以流易為辭，不知喪於雅正。

主張不能食古不化，反對抄襲，並力求創新，認為若能塑造一己獨特風格之作品，才是真正好作品。此一觀點，遠較初唐史家正確，且給予其後古文家莫大的啟迪。

第三節　由歷代諸家評論看元結散文的地位

就歷代對元結文學成就之評論予以分析，發現往往有趨於兩極，為了再次確認其在唐代古文運動中的地位，故將依時代先後，討論元結散文的成就及對後世之影響。

十三　唐・劉知幾：《史通通譯・模擬》，卷八，頁二一九。

一、唐朝時期──元結散文地位之奠定期

唐代文學家，對元結文學成就之評論，往往就其所見文章之內容，做概括性的評論，而其標準因人而異，有重於文旨，有留意於作品所流露出來的情感。

唐顏真卿於〈元君表墓碑銘〉中云：

有其心古，其行古，其言古，躬是三者而見重於今，雖擁旄麾幢，總戎於五嶺之下，彌綸秉憲，……然以君之才之德之美，竟不得專政方面，……臨難遺身，允矣全德，今之古人。（註十四）

顏真卿認為元結作品表現出質樸純古之情操與精神，內涵亦能起教化、經世之用。

杜甫〈同元使君春陵行〉中云：

覽乎春陵作，見俊哲情，復覽賊退篇，結也實國楨，及通州憂黎庶，詞氣浩縱橫，兩章對秋月，一字偕華星，其序又有今盜賊未息，知民疾苦。（註十五）

杜甫認為元結作品能反映現實，將百姓、社會之疾苦、弊端一一呈現於字裡行間，有規勸、寫實的

十四　唐、顏真卿：《容卅都督兼御史中丞本管經略使‧元君表墓碑銘》，（四書叢刊）卷五，頁三十三。

十五　唐、杜甫：《同元使君春陵行》。（四庫叢刊本，──分門集註工部詩）。

效果，深表讚服。而李商隱於〈元結文集後序〉亦云：

有其文危苦激切，悲憂酸傷于性命之際，及次山之作，其綿遠長大，以自然為祖，元氣為根。（註十六）

唐代文人對於元結文學之評價，其作品內涵能反映現實，具經世、教化之貢獻，且大力讚揚元結文學作品能呈現自然樸實的風格，以社會百姓生活為題材，並寄託救世補時之期望；故此期之評論者，已開始注意到元結作品，具反映現實、道德教化和自然樸質，足以扭轉浮靡文風之內涵屬性。

二、宋朝時期——元結散文地位之發展期

宋代對元結散文之評價，仍承繼前朝，留意其作品內涵於古文改革之貢獻。范成大《石湖居士詩集・書浯溪中興碑後》序云：

竊謂四詩各有定體，頌者美盛德之形容，以其成功告於神明者也，商周魯之遺篇可以概見，今元子乃以魯史筆法，婉辭含譏。（註十七）

十六　唐、李商隱：《容州經略使元結文集後序》，（四庫全書）卷九，頁一〇八二—四二七。

十七　唐、范成大：《石湖居士詩集・書浯溪中興碑後序》，（四庫全書）卷十三，頁一一五九—一一八九。

范成大認為元結散文中，含有規勸、諷刺的史家筆法，足供寫作者之參考，晁公武於《郡齋讀書志》中亦有類似的評價：

謂結性耿介，有憂道閔世之意，並謂次山之文辭意幽約，譬古鐘磬不諧於俚耳而可尋玩。（註十八）

認為元結個性剛正不阿，熱切於世道政務之改善，面對社會百姓生活疾苦之情狀，往往能於文章中，時或寄託、反映，時或建言規諷，不一定合乎世俗之人的口味，卻耐人深思。

高似孫《子略》中談到元結文學之成就：

次山平生辭章奇古不蹈襲，其視柳州又英崛，唐代文人惟二公而已。（註十九）

高似孫已注意到元結散文，對後續唐代古文運動大家——柳宗元是具有深刻的影響力，歐陽修於《集古錄．唐元次山銘》：

唐自太宗致治之盛，幾乎三代之隆，而惟文章獨不能革五國之弊，既久而後韓柳之徒出，蓋

十八 唐、晁公武：《郡齋讀書志》，附錄四。
十九 宋、高似孫：《子略》，卷四。

習俗難變，而文章變體又難也，次山當開元天寶時獨作古文，其筆力雄偉，意氣超拔，不減韓之徒也，可謂特立之士哉！（註二十）

歐公盛讚元結力抵流俗，能勇革浮豔文風，其後替韓愈、柳宗元之古文運動闢立坦途。總括而言，宋代文論家再次確立了元結於唐代古文運動之先導地位，而其文學成就不下於韓、柳。

三、明朝時期——元結散文地位之平緩期

明初因擬古派之主張興起，故對於評論元結散文時，往往依憑「文必秦漢」之標準，遂不甚滿意。王世貞《弇州山人四部稿》云：

次山於文爾雅，然不能高。（註二十一）

楊慎《升庵詩話》中云：

元次山集凡十一卷，大唐中興頌一篇，足名世矣，……舂陵行及賊退示官吏雖為杜公所稱，

二十　同註四。

二十一　明．王世貞：《弇州山人四部稿》，（四部全書），頁一二七九——一。

取其志，非取其辭。（註二十二）

但晚明小品大家陳繼儒於《佘山詩話》云：

夫文人作吏，非厭其煩，則厭其俗，使摛辭之士盡如元次山，孰謂詞賦家不可入循吏傳耶！（註二十三）

肯定、贊揚了元結在文學作品上的藝術成就，並譽其為良官循吏。

在明代，元結較乏知音鑑賞，稍嫌孤寂，其散文評價遠遜於唐、宋之際。

四、清朝時期——元結散文地位之巔峰期

評論者對於元結散文，除能客觀地審視元結文學形式與內容之成就外，更強調元結對唐代古文運動啟迪之功，尤其是對韓文公之影響。

章學誠於《章氏遺書．元次山集書後》云：

至其涉世之文，高古淳樸，唐賢鮮有能及之者，使以次山之才之學，生後四五十年，得與昌

二十二 明、楊慎：《升庵詩話．元次山好奇》，（《歷代詩話讀編》，台北木鐸）卷十，民國七十七年。

二十三 明、陳繼儒：《佘山詩話》，卷上。

黎韓氏同時酬唱講摩討論，則相如揚雄並時生矣。人謂六朝綺靡，昌黎始回八代之衰，不知五十年前，早有河南元氏為古學於舉世不為之日也。嗚呼！元亦豪傑也哉！（註二十四）

沈德潛《唐詩別裁》中云：

次山自寫胸次，不欲規撫古人，而奇響逸趣，在唐人中另闢門仞，前人譬古鐘磬，不諧里耳，信然。（註二十五）

王闓運《王志．論唐詩諸家源流》云：

次山在道州諸作，筆力遒勁，充以時事，可誦可謠，其體極雅，少陵氣勢較博，而深永勻飭不若也。（註二十六）

特別針對元結文學形式的典雅、聲韻和諧可誦且文氣磅礴有力等，來肯定其在文學上之成就。

清之文評家，大力讚揚元結散文之內涵和形式，並對其前承古人、後啟學者，居古文運動之關鍵地位，加以肯定。

二十四　清．章學誠：《章氏遺書．元次山集書後》，卷十三。

二十五　清．沈德潛：《唐詩別裁》，卷三。

二十六　清．王闓運：《王志．論唐詩諸家源流》，卷二。

元結力排六朝浮豔文風，並具體提出有效的文學主張，如文學要抒發情志、具經世、規諷作用、主張獨抒己見、有一己風格等，除了為唐代古文運動做出周全的準備和開拓，也可知元結散文之地位，實是唐代古文運動先驅者中成就最高者。

第七章　結論

從元結的時代背景、傳略、與其文學主張、散文內涵、散文藝術和地位諸章中，可歸納出以下的結論。

元結生於唐代盛衰交替之際，懷抱著經世濟民的理想，一生經歷無數挫折、窮愁交相迫煎，卻也為國家建立國不少汗馬功勞，從所創作的散文中，見其經世的文學理念及濟民的思想襟懷，並反映出浪漫不羈、直率敢言和淡泊名利的性格，凡此均深刻影響著元結作品形式與內容表現。

元結主張文學須能積極反映現實，具規勸諷刺之效，且有抒發情志的功用，擯斥一味追求形式美及反對抄襲和重視獨創等觀念，符合唐代文學崇尚實用的發展趨勢，且為中唐韓愈、柳宗元之古文運動指點了正確的方向。元結繼承初唐陳子昂復古革新主張，除了批評當時空泛無物、浮豔綺靡的文學陋習外，更提出成功作品之要件，在於形式、內容相輔相成。

非但元結創作上主張反抄襲、主創新，也於自身的作品中切實履行，打破了傳統空疏明道之單調寫法，和典雅凝重的格式，並巧妙自如地轉換應用敘述與議論手法，使作品活潑、立意深刻。元結之文學理念，不僅實踐在己作內，更對唐代散文發展起了引導、標竿作用。就唐代古文運動，元結是韓、柳之前，於散文改革及創作實踐上成就最高、貢獻最大者。

由於元結對於政治民生的使命感，及數度出任道州刺史之從政經驗，使其文屢呈政論省思。除一再呼籲君王行仁政、愛民如子，人臣也要恪盡職守外，並對當時社會提出了具體建言，舉凡檢討社會風氣、批判鬼神信仰、照顧社會弱勢者及剖析人倫關係等等。元結無論身處廟堂或退隱江湖，皆能堅持己志，在作品中自然流露出獨立不凡的想法，表現一己能新求變的處世觀，和所欲追求之理想人格，亦不掩嚮往歸隱喜田園之趣。凡此，均反映出元結開懷大我、不失己情、成熟周延的思想內涵。

元結為達文學經世、教化的目的，展現對社會深切的關懷及抒發自身獨立不凡的想法，每藉作品大發議論，所以十分重視文章的結構安排，並善於利用嚴謹的佈局，巧妙的修辭手法，使作品說理或敘述之邏輯，完密無缺。元結於作品中將藝術性和思想性和諧配合，從「立題命意」、「章法佈局」、「字句修辭」三方面的分析，可以看出，元結散文能善用巧妙的舖陳手法、具象的寓意方式、多重角度環夾逼陳主題的筆法，及轉折迂迴等多變的藝術技巧，使題旨和命意結合；另一方面，在文章段落和字句組織上，力求變化、嚴謹，並純熟轉換寫作方式，使文章氣勢起伏；在字句修辭上，純熟運用譬喻、虛字、設問、排比諸法，使用短句及具剛強生命力之字眼，使文章精練流暢，富感染力。

由元結的生平性格、文學主張、作品內涵、藝術技巧等分析，可知其文學方面確有不凡的表現，並能力排六朝浮豔文風，具體提出有效的文學主張，成為古文運動的先鋒，更值得後世肯定。另一方面，將元結的文學見解與初唐史家之文論比較，符合處可顯現元結在文學觀念之宏觀遠見，相異點則突顯元結超越時人，勇於創新之進步文學觀，這方面，對後續古文運動之推展，有頗大的啟發。在古文發展史上，元結散文於唐、宋、明和清朝，均再再受到當時文學評論者的肯定與重視，被推崇為唐代古文運動先驅者中成就最高者，並且對古文運動之健將——韓愈、柳宗元，有深遠的影響。總之，元結散文除了自身的文學價值外，並在散文史上及整個文學發展歷程中，佔有不可抹滅的地位。

參考書目

一、專書

（一）民國以前（以人名姓氏筆劃排列為序）

唐・元結《篋中集》 景印文淵閣四庫全書 集部、總集類二七一冊 台灣商務印書館

唐・元結《元次山集》 四部備要 集部 台灣中華書局 民國七十二年十二月二版

唐・元結《唐漫叟文集》 舊鈔本 朱校 集部別集類寫本 微卷

唐・元結《元次山集》 清上海曹氏碧鮮齋鈔本 集部別集類 寫本 微卷

唐・元結《篋中集》 上海古籍出版社 一九七八年

宋・王溥《唐會要》 北京・中華書局 一九九〇年

宋・王讜《唐語林》 上海古籍出版社 一九八五年

唐・令孤德棻 《周書》 台北・鼎文 民國七十九年

清・永瑢等撰 《四庫全書總目》 北京・中華書局 一九八七年

清・何文煥編　《歷代詩話》　台北・漢京文化事業有限公司　民國七十二年
元・辛文房　《唐才子傳》　台灣古籍出版社　民國八十六年十一月初版
唐・李百藥　《北齊書》　台北・鼎文　民國七十九年
唐・李延壽　《南史》　台北・鼎文　民國八十年
唐・李延壽　《北史》　台北・鼎文　民國八十年
宋・宋祈、歐陽修等主編　《新唐書》　四部叢刊，史部（百衲本廿四史）
唐・陳子昂　《陳伯玉文集》　台北・商務　（四庫叢刊本）
唐・杜甫　《杜工部集》　台北・學生書局　（四庫叢刊本）
清・林雲銘　《古文析義》　台北・廣文　民國七十三年
唐・房玄齡　《晉書》　台北・鼎文　民國七十九年
唐・姚鉉　《唐文粹》　台北・商務　民國六十八年
唐・姚思廉　《梁書》　台北・鼎文　民國七十九年
唐・姚思廉　《梁書》　台北・鼎文　民國七十九年
清・晁公武　《郡齋讀書志》　台北・廣文　民國五十六年
清・高步瀛　《唐宋文舉要》　台北・漢京文化事業有公司　民國七十三年
清仁宗敕編　《欽定全唐文》　台北・滙文　民國五十年
清・陳鴻墀　《全唐文紀事》　上海古籍出版社　一七八九年

清・趙翼　《二十二史箚記》　台北・廣文　民國七十二年
宋・劉昫等　《舊唐書》　台北・鼎文　民國七十八年
清・劉熙載　《藝概》　台北・廣文　民國五十三年
唐・劉知幾、清溯起龍釋　《史通通釋》　台北・里仁　民國六十九年
唐・獨孤及　《毘陵集》　台北・商務　四部叢刊本
唐・魏徵等　《隋書》　台北・鼎文　民國七十九年
明・歸有光　《文章指南》　台北・廣文　民國六十六年
宋・謝枋得編　《文章軌範》　四庫全書・集部
唐・蕭穎士　《蕭茂挺文集》　台北・商務　四庫珍本第十一輯

（二）民國以後（以人名姓氏筆劃排列為序）

丁福保輯　《歷代詩話續編》　台北・木鐸　民國七十七年
方祖燊、邱師燮友　《散文結構》　台北・蘭臺　民國五十九年
李正西　《中國散文藝術論》　台北・貫雅文化　民國八十年一月
何寄澎　《唐宋古文新探》　台北・大安　民國七十九年
李建崑　《元次山之生平與其文學》　台北・商務　民國七十五年五月
吳庚舜、董乃斌主編　《唐代文學史》上・下冊　北京・人民文學出版社　一九九五年十二月

林時民《劉知幾史通之研究》　台北・文史哲　民國七十六年
周振甫《中國修辭學史》　北京・商務印書館　一九九一年
周振甫等《詩文鑑賞方法二十講》　台北・木鐸　民國七十六年
柯慶明、林明德合編《中國古典文學研究叢刊—散文與論評之部》　台北・巨流圖書　民國六十六年
胡楚生《古文正聲》　台北・黎明文化事業　民國八十年
孫昌武《唐代古文運動通論》　百花文藝出版社　一九八四年
孫望《蝸叟雜稿》　上海古籍出版社　一九八二年一月
孫望撰、楊家駱主編《新校元次山集》　台北・世界書局　民國五十三年。收中國學術名著第六輯　中國文學名著第六集第五冊
郭紹虞《中國文學批評史》　上海古籍出版社　一九八八年
陳望道《修辭學發凡》　高雄・復文　民國七十八年八月
張健《中國文學散論》　台灣・商務　民國五十七年
張健《中國文學與思想散論》　台灣・商務　民國六十一年
張高評《中國散文之面貌》　台北・中央文物　民國七十三年
陳必祥《古代散文文體概論》　台北・文史哲　民國七十六年
黃春貴《唐代古文運動探究》　台北・八德教育文化出版社　民國七十六年
黃永武《字句鍛鍊法》　台北・洪範　民國七十九年十二月增訂七版

黃慶萱《修辭學》 台北・三民 民國七十九年十二月
張健《唐宋八大家》 台北・時報文化公司 民國七十一年一月
葛曉音《漢唐文學的嬗變》 北京大學出版社 一九九〇年
葛曉音《唐宋散文》 上海古籍出版社 一九九〇年
萬曼《唐集敘錄》 台北・明文書局 民國七十一年二月
褚斌杰《中國古代文體學》 台北・學生 民國八十四年
鄭子瑜《唐宋八大家古文修辭偶疏舉要》 教育科學出版社 一九九二年
潘呂棋《蕭穎士研究》 台北・文史哲 民國七十二年
劉開揚《唐詩通論》 台北・木鐸 民國七十二年四月
蔣伯潛《文體論纂要》 台北・正中 民國四十八年七月
蔣伯潛《駢文與散文》 台北・世界 民國七十二年十二月
錢冬父《唐宋古文運動》 上海古籍出版社 一九六二年
魏怡《散文鑑賞入門》 台北・國文天地 民國七十八年十一月
聶文郁注解《元結詩解》 陝西人民出版社 一九八四年
羅宗強《隋唐五代文學思想史》 上海古籍出版社 一九八六年
羅根澤《中國文學批評史》 上海古籍出版社 一九八四年
羅聯添、黃啟方主編《中國文學批評資料彙編》二、三 台北、成文 民國六十七年

羅聯添　《唐代文學論集》　台北・學生　民國七十八年

二、期刊論文

（一）期刊

丘紹瑩　〈元結詩歌理論探責〉　興大中研論文集・三　民國八十七年七月　頁七四～八〇
王啟興　〈論元結的復古義論〉　武漢大學學報・社會科學　一九八六年三月　頁七十三～七十九
王煜　〈論元結與羅隱〉　中國文化月刊・一〇二　民國七十七年四月　頁七十三～九〇
孔德　〈唐元次山世系表〉　語歷所周刊・五：五六　民國十七年十一月
孔德　〈唐元結年譜〉　中山大學文史集刊第一冊　民國三十七年　頁九三～一二五
孔德　〈元次山評傳及年譜〉　說文月刊・四　中央銀行經濟研究處印　民國三十三年　頁四一三～四三七
王運熙　〈元結「篋中集」和唐中期詩歌的復古潮流〉　復旦學報・社會科學・二　一九七八年十二月　頁六八～七二
李炳南　〈元結與柳宗元山水文學的比較〉　國立屏東商專學報　民國八十二年一月　頁一～二十一
李建崑　〈元結詩試論〉　台中中興大學文學院　文史學報・十六　民國七十五年四月　頁五十五～七十六
孫望　〈篋中集作者事輯〉　蝸叟雜稿　（上海古籍出版社）　一九八二年一月　頁五九～一九五

孫望〈元結評傳〉蝸叟雜稿（上海古籍出版社）一九八二年一月 頁一一九～一三九
孫昌武〈「篋中集」作者事輯〉金陵學報・八：一，二 民國二十七年十一月 頁三七～六六
孫昌武〈論元結文札記〉社會科學戰線 一九八五年三月 頁二二九～二九二
陶先淮〈道州憂黎庶，詞氣浩縱橫—元結在道州〉湖南師範大學社會科學學報・三 一九八〇年
陳啟佑〈元結山水小品探討〉台北學生書局・古典文學第八集 民國七十五年四月 頁一〇七～一二四
陳啟佑〈元結與柳宗元〉古典文學・十四 民國七十六年五月 頁一四九～一七一
陳柱〈古文家先鋒元結之散文〉中國散文史（台灣・商務印書館）民國五十八年一月 頁一九三～一九七
黃麗容〈元結記體散文分析〉研究生論文發表集 民國八十七年十二月
黃炳輝〈次山開子厚先聲說〉廈門大學學報・哲學社會科學 一九八六年一月 頁一二九～一三六
黃春貴〈唐初修史家的文學觀〉中華文化復興月刊・十四卷 第一期
湯擎民〈元結和他的作品〉中山大學學報・一 民國四十六年四月
楊承祖〈元結年譜〉台北・淡江學報・二 民國五十二年 頁二五～六九
楊承祖〈元結年譜辨正〉台北・淡江文理學院淡江學報・五 民國五十五年 頁二七九～二九一
楊承祖〈元結交遊考〉台北學生書局・書目季刊・十三：一 民國六十八年六月 頁三～十四
楊承祖〈論元結詩的直朴現實特色〉唐代學術會議論文集（台北文津出版）民國八十二年七月 頁二二三～二三四
楊承祖〈元結的淳古論與反主流〉台灣台北中央研究院 第二屆國際漢學會議論文集文學組・上冊 民國

七十八年六月　頁三〇七～三一八
顏瑞芳〈元結寓言析論〉教學與研究・十六　民國八十三年六月　頁六十七～八十二
聶文郁〈論元結的系樂府創作〉青海師院學報　一九八二年三月
聶文郁〈論元結的山水詩〉青海師大學報・三　一九八六年
羅根澤〈元結的反對聲律與提倡諷詩〉隋唐文學批評史（台北・學海出版社）民國六十七年九月　頁五十～五十一
躍進〈《篋中集》與杜甫〉中州學刊・四　一九八七年

（二）論文

安贊淳《初唐史家文論研究》台灣大學中文碩論　民國八十一年十二月
李建崑《元次山之生平及其文學》東海大學中文碩論　民國六十九年四月
張秋玲《元結及篋中集之研究》東吳大學中文碩論　民國八十六年六月
蔡芳定《唐代文學批評研究》師大國文博論　民國七十九年

國家圖書館出版品預行編目

元次山散文及創作理論 ：唐代古文運動先驅者文學理念新探 / 黃麗容著. -- 一版. -- 臺北市 ：秀威資訊科技, 2006[民 95]
面； 公分
參考書目:面
ISBN 978-986-7080-28-8(平裝)

1. (唐)元結 - 學術思想 - 中國文學 2. (唐)元結 - 作品評論 3. (唐)元結 - 傳記

844.15 95004461

語言文學類 AG0041

元次山散文及創作理論

——唐代古文運動先驅者文學理念新探

作　　者 / 黃麗蓉
發 行 人 / 宋政坤
執行編輯 / 林秉慧
圖文排版 / 黃永達
封面設計 / 羅季芬
數位轉譯 / 徐真玉　沈裕閔
圖書銷售 / 林怡君
網路服務 / 徐國晉
出版印製 / 秀威資訊科技股份有限公司
台北市內湖區瑞光路 583 巷 25 號 1 樓
電話：02-2657-9211　　傳真：02-2657-9106
E-mail：service@showwe.com.tw
經 銷 商 / 紅螞蟻圖書有限公司
台北市內湖區舊宗路二段 121 巷 28、32 號 4 樓
電話：02-2795-3656　　傳真：02-2795-4100
http://www.e-redant.com

2006 年 7 月 BOD 再刷
定價：260 元

讀　者　回　函　卡

感謝您購買本書，為提升服務品質，煩請填寫以下問卷，收到您的寶貴意見後，我們會仔細收藏記錄並回贈紀念品，謝謝！

1.您購買的書名：______________________________

2.您從何得知本書的消息？

□網路書店　□部落格　□資料庫搜尋　□書訊　□電子報　□書店

□平面媒體　□　朋友推薦　□網站推薦　□其他__________

3.您對本書的評價：(請填代號　1.非常滿意 2.滿意 3.尚可 4.再改進)

封面設計____　版面編排____　內容____　文/譯筆____　價格____

4.讀完書後您覺得：

□很有收獲　□有收獲　□收獲不多　□沒收獲

5.您會推薦本書給朋友嗎？

□會　□不會，為什麼？____

6.其他寶貴的意見：____

____

____

____

讀者基本資料

姓名：____________________　年齡：______　性別：□女 □男

聯絡電話：________________　E-mail：____________________

地址：____

學歷：□高中(含)以下　□高中　□專科學校　□大學

□研究所(含)以上 □其他________________

職業：□製造業 □金融業 □資訊業 □軍警 □傳播業 □自由業

□服務業 □公務員 □教職　□學生 □其他__________

請貼
郵票

To：114

台北市內湖區瑞光路 583 巷 25 號 1 樓

秀威資訊科技股份有限公司　　收

寄件人姓名：

寄件人地址：□□□

(請沿線對摺寄回,謝謝!)

秀威與 BOD

BOD（Books On Demand）是數位出版的大趨勢，秀威資訊率先運用 POD 數位印刷設備來生產書籍，並提供作者全程數位出版服務，致使書籍產銷零庫存，知識傳承不絕版，目前已開闢以下書系：

一、BOD 學術著作—專業論述的閱讀延伸
二、BOD 個人著作—分享生命的心路歷程
三、BOD 旅遊著作—個人深度旅遊文學創作
四、BOD 大陸學者—大陸專業學者學術出版
五、POD 獨家經銷—數位產製的代發行書籍

BOD 秀威網路書店：www.showwe.com.tw
政府出版品網路書店：www.*gov*books.com.tw

永不絕版的故事・自己寫・永不休止的音符・自己唱